Bad Boy

Abdelkader Benali

Bad Boy

Roman

Uitgeverij De Arbeiderspers · Utrecht
Amsterdam · Antwerpen

Omslagontwerp: Richard Sluijs
Omslagillustratie: still uit de korte jeugdfilm *Mimoun*. Fotograaf Ivo
de Bruin. © Bind & Willink. *Mimoun* is een productie van Bind & Willink
in coproductie met VPRO, met Hicham Outalab in de rol van Mimoun.
Regie Tallulah Schwab, scenario Cecilie Levy.

ISBN 978 90 295 8780 8 / NUR 301

www.arbeiderspers.nl
www.abdelkaderbenali.nl

Yet each man kills the thing he loves
By each let this be heard,
Some do it with a bitter look,
Some with a flattering word,
The coward does it with a kiss,
The brave man with a sword!

Some kill their love when they are young,
And some when they are old;
Some strangle with the hands of Lust,
Some with the hands of Gold:
The kindest use a knife, because
The dead so soon grow cold.

Some love too little, some too long,
Some sell, and others buy;
Some do the deed with many tears,
And some without a sigh:
For each man kills the thing he loves,
Yet each man does not die.

Oscar Wilde, uit: 'The Ballad of Reading Gaol'

I

Amir Salim werd drie keer geboren.

De eerste keer als vierde zoon van Fatima en Mohammed Salim.

De tweede keer als vechter op het canvas in een boksring.

En aan het begin van de zomer van 2012 kreeg hij als reisleider in Marokko zijn derde gedaante.

Amir was het zevende kind dat Fatima, dochter van Ahmed Mohammed Salim, op de wereld bracht, in de Amsterdamse Vrolikstraat, op tweehoog, op 9 december 1987 om kwart over elf in de ochtend. Het had die nacht licht gevroren. Hij was de benjamin van de familie en zou dat blijven. Drie oudere broers en drie zussen wachtten in de woonkamer de geboorte af en om de tijd te doden zetten ze guldens in op de uitkomst van het geslacht. De bevalling duurde twee uur en tweeënvijftig minuten en om het te vieren at de familie couscous met erwtjes. Vanaf de bank waar ze was gaan liggen keek de moeder hoe de kinderen de couscous soldaat maakten. De volgende ochtend serveerde zijn moeder gewoon weer het ontbijt.

Op de kleuterschool bleek Amir geen prater. In volstrekte zwijgzaamheid deed hij zijn oefeningen en spelletjes, alsof woorden de orde alleen maar konden verstoren. Zijn moeder bracht hem naar school, zijn moeder haalde hem op en elke keer vroeg ze: 'Heb je nog wat gezegd?' Hij schudde nee.

'Kunnen jullie daar niks aan doen?' zei de moeder tegen de broers. Ze probeerden hem zover te krijgen te praten door hem uit te dagen op hun grapjes in te gaan. Zonder enig resultaat. De broers gaven het op. De zussen begonnen er niet eens aan. Hij keek ze zo mysterieus aan, alsof hij van een andere wereld kwam.

'Hij behoort tot de zwijgzame tak van de familie,' zei de oudste broer lachend.

Soms keek zijn juf naar hem en vroeg ze zich even af of ze een leerling of een Boeddhabeeldje in de klas had. Verder dan dat gingen de zorgen niet. Men ging ervan uit dat het Amirs eigen nadrukkelijke wens was zijn kaken stijf op elkaar te houden.

Op een dag ontdekte hij het prentenboek *Rupsje Nooitgenoeg*, waarin een rups zich door een berg voedsel en voorwerpen heen vreet om uit te groeien tot een prachtige vlinder die de wijde wereld in fladdert. Er gebeurde iets in Amirs binnenste toen hij juf Rita uit het boek hoorde voorlezen. Betoverd door de plaatjes verslond Amir wat de juf vertelde. Wat kon dat beest eten, zeg! En wat was die vlinder mooi! Elke keer dat hij een momentje had in de klas hobbelde hij richting het boekenhoekje om *Rupsje Nooitgenoeg* door te bladeren.

Op een dag, na het boek voor de zoveelste keer doorgekeken te hebben, stond hij op van het rommelige leestafeltje en zei tegen juf Rita: 'Ik ben Rupsje Nooitgenoeg.' Dit waren de eerste Nederlandse woorden die hij sprak.

Aan het einde van de dag werden de hekjes van de kleuterschool opengezet, waarna de kinderen in de armen van hun moeders renden.

'Rupsje Nooitgenoeg,' riep Amir verrukt uit toen hij zijn moeder bij de rokken had vastgepakt. Zijn moeder slaakte een zucht van verlichting toen hij haar deze woorden nog een keer zei.

'Wie bedoel je?'

'Rupsje Nooitgenoeg.'

'Ik weet niet wie die Rupsje Nooitnogwat is, maar wat ben ik blij dat er woorden uit komen. De naam van Allah zij geprezen dat Hij op je pad kwam, we hadden je anders misschien naar Marokko moeten sturen. We dachten echt dat je iets mankeerde.'

'Ik ben Rupsje Nooitgenoeg,' zei hij nog een keer.

'Wie die Rupsje Nooitgenoeg ook is, hij verdient ons respect. Je broers moeten hem namens de familie bedanken voor de inspanningen die hij heeft verricht om je aan het praten te krijgen.' En zo liepen ze naar huis.

Om zijn moeder een plezier te doen schreef de oudste broer een ansichtkaart.

Zeer geachte Rupsje Nooitgenoeg,

Namens mijn moeder en alle andere leden van de familie Salim wil ik u hartelijk bedanken voor de moeite die u heeft gedaan om ons broertje Amir aan het praten te krijgen.

Heel erg bedankt!

De familie Salim

Toen Amir van de kleuterschool ging, kreeg hij het stukgelezen exemplaar van *Rupsje Nooitgenoeg* mee. Als aandenken aan zijn ontpopping.

2

Amir was niet naar Marokko gegaan om vakantie te vieren, hij was gekomen om reisleider te zijn. Zijn manager en vriend Fernandes had hem de ochtend volgend op de desastreuze nacht weten te overtuigen. 'Ga jij dat varkentje daar maar liever wassen, vriend. Dan houd ik je hier uit de wind.' Fernandes had gezien wat er was gebeurd, en had hem beloofd erover te zwijgen. Daar was je vrienden voor.

Nog geen week eerder was het stadion getuige geweest van een indrukwekkend machtsvertoon van de Amsterdamse KI-vechter Amir Salim; zijn eerste gevecht in Nederland sinds lange tijd en meteen een groot succes. De sportwebsites schreven, in navolging van de roddeltijdschriften, dat zijn glamoureuze vriendin Chanel hem had overgehaald weer in Nederland te vechten. Op de blogs van de vechtsportliefhebbers werd er druk gespeculeerd hoe die blonde stoot hem zover had gekregen weer te gaan vechten in Nederland, het land waar hij vandaan kwam en dat hem, vond hij zelf, niet genoeg waardeerde.

Amir deed werkelijk alles voor z'n beauty. De liefde had hem terug in Amsterdam gebracht en de liefde had hem beloond met een prachtige, snelle overwinning op een niet kinderachtige Japanner. In de ArenA, die speciaal voor zijn gevecht was opgetuigd als immense open-airboksring, had hij de ongeslagen Aziatische kampioen in de eerste ronde al met een combinatie van felle low kicks en harde stoten op de kin op de knieën gekregen. Het publiek, dat tussen de vijftig en duizend euro had neergeteld voor een kaartje, zinderde van genot. Je kon alles zeggen van Bad Boy, teleurstellen deed hij niet. Wanneer hij aanviel was dat met hartstocht en regen de meest onwaarschijnlijke combinaties van stoten met de voet en de vuist zich aaneen. Het getuigde van groot respect als je je tegenstander zo snel mogelijk onklaar wist te maken. En dat had hij gedaan. De Japanner sloeg uit dankbaarheid voor de snelle afwerking zijn armen om hem heen. Samen stonden ze in de ring te zwaaien naar de duizenden liefhebbers. Nederland had hem weer omarmd. Hij had het katoenen bandje dat hij om zijn linkerarm had met z'n tanden van zijn biceps getrokken en richting Chanel geworpen. Deze overwinning was voor haar.

En nu dit. Amir, de beroemde vechter, was ingehuurd om een verloren groep reizigers terug te vinden. In Marokko, het thuisland van zijn ouders. Een bizarre situatie, ja. Maar misschien wel toepasselijk voor de toestand waarin hij zich sowieso bevond. Alle rotzooi waarin hij terecht was gekomen. Net op het moment dat alles in bloei leek te staan, begon het te verdorren en te stinken.

Zijn vriend van de middelbare school en topadvocaat Mo had hem in het holst van de nacht afgezet op vliegveld Zaventem. Onderweg kauwde Mo nerveus op kauwgum; na elke honderd kilometer verwisselde hij het uitgekauwde stukje voor een nieuwe. 'Je moet een paar nare gewoontetjes hebben. Voor de rest ben ik perfect,' verontschuldigde hij zijn neurotische gedrag. Mo zag er gezond uit; de vroeg ingezette kaalheid had hij opgevat als hint om alles kort te houden. Korte, krachtige zinnen met een punchline, en een fris geschoren kaal hoofd. Ogen die wat naar elkaar toe stonden alsof ze elkaar in de gaten hielden. Het aantrekkelijke aan hem zat hem in zijn mond. Niet dicht te krijgen, maar wanneer de lippen op elkaar stonden kwam daar meteen een kwetsbare, wat hulpeloze zweem over. 'Kan er niks aan doen, dat ik dan zo'n hulpbehoevende indruk maak. Zit in de genen.'

Mo vond het niet erg om iets harder te rijden dan nodig was. 'Nood breekt wet, al ligt de jurisprudentie ervan nog altijd lastig,' zei hij en moest er zelf om lachen. Om het grapje af te maken gaf hij nog een keer gas. 'Wist je dat ik nog een tijdje taxichauffeur ben geweest in Amsterdam? Ja, dat was in die tijd toen we elkaar niet zagen. Stond ik zaterdagavond op dat helse Leidseplein; een hele avond staan wachten voor een ritje van vijfentwintig euro en dan kotsten die lallende passagiers de achterbank onder of begonnen dronken aan je kop te zaniken of je nog wat te snuiven had. En ik maar uitleggen dat ik rechten deed en dat dit strictly een bijbaantje was. Wat ze niet konden geloven. Een beetje Marokkaanse taxichauffeur dealt toch? Wat doe je anders zo laat in een dikke Mercedes in het centrum van de stad? Vooroordelen, vooroordelen.

Jij hebt een talent, Amir, en dat talent heeft ervoor gezorgd dat je nooit meer hoeft te accepteren dat iemand je voor kameel, woestijnrat of Moorse hond uitmaakt. Met dat loodzware lichaam van je vlieg je over de pijn die je anders had moeten lijden. Die meisjes die redden zich wel. Die studeren zich een punthoofd richting een baan. Maar voor ons ligt het anders. Op dat Leidseplein is het oorlog. Beveili-gingsmensen die strikte opdracht hebben geen kleurlingen binnen te laten. Mensen die wegkijken als je wordt geslagen. Vrouwen die wegkijken omdat hun ouders je haten. Geen plek voor ons soort mensen. Ik heb veel bijgeleerd op dat plein. Ook autorijden. Vind je dat ik te veel praat, ouwe? Praten is beter dan zwijgen. Vertel me eens wat er gister-avond is gebeurd. Maar dan wel het hele verhaal. Als je liegt ga je naar de hel, dus wees eerlijk.'

Amir begon te vertellen. De wedstrijd. De aandacht. Het machtsgevoel. Chanel. Daarna verdwijnen in de menigte. Met haar het leven vieren. De skyboxen bezoeken van spon-sors, kijken naar de feestende menigte. Het gejoel. En toen werd alles zwart.

'Heb je een advocaat?'

'Ik heb er meerdere. Een voor zaken, een voor de media als ze weer lasteren, een voor de verkeersboetes.'

'Ik bedoel: heb je een echte advocaat? Een rat. Een verbaal duveltje-uit-een-doos. Een pitbull met steroïden in zijn her-senpan. Heb je iemand die op mij lijkt?'

'Moet je Fernandes vragen. Die regelt alles. Ik vecht al-leen. Trainen, eten, slapen, vechten.'

'Fernandes is altijd goed voor je geweest. Gouden gozer. Zakelijk keihard, erg slim. En welbespraakt ook. Hij gelooft alleen iets te veel in de magische kracht van astrologie, maar goed, ieder z'n hobby toch? Zonder die man was je nog altijd slaaf gebleven van die pannenkoekenbakker, die Martin, Michael? Wat een idioot, zeg. Maar wel een slimme idioot. Was er als de kippen bij om je vast te leggen. Mooie blauwe ogen had die Martin, fijne glimlach ook. Het leven is een harde leerschool.'

Wat Mo zei klopte. Na zijn eerste successen was hij in contact gekomen met Martin Dijkgraaf. Een visserszoon die een sportschool had opgebouwd waar hij de crème de la crème van de vechtsport klaarstoomde voor lucratieve gevechten over de hele wereld. Nederland was een ideaal land voor kickboksers. Gezonde voeding, uitstekende gezondheidszorg, wat een breed aanbod aan medische begeleiding betekende, en ontzettend veel jonge, ambitieuze jongens uit vele culturen die het met elkaar uitvochten. Het lag heel erg voor de hand dat Martin hem ging promoten. Stom was alleen dat Amir een handtekening zette onder een zeer onvoordelig contract, dat hem verplichtte bij grote successen bijna tachtig procent van zijn gage af te staan. In ruil daarvoor bood Martin hem een maandelijks loon van vijftienhonderd euro netto, een gigantisch bedrag voor de jonge Amir, die met dat geld zijn hele familie blij kon maken. Pas jaren later kwam hij erachter hoe wurgend het contract was, hoeveel hij misliep. Mo was toen nog maar net aan zijn rechtenstudie begonnen, en kon niks voor hem doen. Het was Fernandes die hem bevrijdde van die palingboer Martin, door een advocaat voor hem in dienst te nemen.

'Ik weet nog goed dat je me vertelde over Fernandes, dat hij op een sportgala naar je toe kwam en álles van je wist: wat je at, wat je woog, welke overwinningen je had behaald, wat je goede en slechte punten waren. Maar wat nog de meeste indruk had gemaakt was de wijze waarop hij dat alles zei. Alsof je voor het eerst in jaren met een normaal mens in gesprek was. Iemand die je bewonderde om wat je was, rechttoe, rechtaan.'

'Ik heb veel te danken aan Fernandes.'

'En eindelijk is de dag gekomen dat ik iets voor je kan betekenen. Kom, geef je nog antwoord op mijn vraag? Wil je mij als je advocaat?'

'Je bent mijn vriend. Het wordt te persoonlijk, denk ik. Laat dit over aan mensen die afstand kunnen nemen.'

'Afstand m'n reet. Jij hebt geen afstand nodig. Jij hebt contact nodig.'

'Wat wil je?'

'Je kan op me rekenen als je me nodig hebt. Daar zijn we vrienden voor. Denk erover na. Je hebt iemand nodig die voor je wil sterven. We zijn broeders.'

Mo gaf gas, en deed er verder het zwijgen toe. Amir zag dat het hem irriteerde dat hij niet onvoorwaardelijk ja had gezegd op zijn aanbod. Hij wilde hem niet meesleuren in deze shit, maar hoe ging hij dat uitleggen? Stomme lul die hij was, hij had gewoon ja moeten zeggen. Niet voor andere mensen denken.

Fernandes had een paar uur na zijn bezoek afgebeld voor de rit naar het vliegveld. Hij moest thuis wat zaken regelen. 'Als jij weg bent, ga ik aan de slag met de media. Ik houd de bloedhonden wel op afstand. Beetje zand in de ogen strooien.' In de auto belde Amir hem, maar hij nam niet op. Zeker druk bezig journalisten zand in de ogen te strooien.

Op Zaventem was het rustig. Mo gooide de achterklep open en gaf hem zijn tas. 'Jij gaat lekker richting de zon, sorry voor mijn sarcasme.' Ze omhelsden elkaar. 'Gooi je capuchon over je hoofd,' raadde Mo hem aan. 'Val je minder op. Vanaf nu mag je niet meer opvallen. Want vanaf vandaag zit de hele wereld achter je aan.'

Amir was in de rij gaan staan voor de balie van Royal Air Maroc.

Inchecken. Riem afdoen. Controle. Wachten. Twee keer naar de wc. Water in het gezicht. Het verzoek om in te stappen. De capuchon schermde hem af van de wereld. Er zaten geen vechtsportliefhebbers bij de marechaussee, noch bij de grondstewardessen. Alles ging vlot. Onzichtbaar worden was niet moeilijk als je iets te verbergen had.

Hij keek uit het raam. Europa lag verzonken in zijn slaap, Marokko wachtte.

3

In nog geen half uur was Amirs leven veranderd. Tussen twaalf en een 's nachts, het exacte tijdstip wist hij niet meer, had hij de succesvolle en charismatische entrepreneur Alex D'Ami zodanig toegetakeld dat de man afgevoerd moest worden in een ambulance. Minuten na het incident gingen de tongen al los op de social media. Een dag later was hij trending topic op Twitter.

Aan alles voelde hij dat dit anders was dan de voorgaande keer dat hij betrokken was bij een matpartij. Dit was hoog spel, vergeleken met wat er een jaar daarvoor was gebeurd in een nachtclub aan het Leidseplein, waar wat jongens waren begonnen te rauzen met zijn vrienden. Hij was tussenbeide gekomen, had ingegrepen, het was vervolgens een beetje vervelend uit de hand gelopen. Hij had alleen maar willen corrigeren, de gasten tot de orde willen roepen. Zijn bekende verschijning maakte heftige reacties los. Mensen werden dan pas echt agressief en zochten doelbewust de confrontatie met hem. Want ja, wie wil niet kunnen zeggen op verjaardagen dat hij heeft gemat met Amir Salim? Beter was het om niet meer in het uitgaansleven te komen. Maar na zoveel jaren van trainen, vechten, winnen en weer trainen had hij toch ook recht op een feestje buiten de deur? Wat kon er misgaan? En het ging in negenennegentig van de honderd gevallen ook niet mis. Maar die avond liep het fout. Een gast met een slokje te veel op was blind van woede met een gebroken bierglas in de hand op hem afgestormd, duidelijk van plan hem fysieke schade aan te doen. Het glas had zijn pols geschampt, op het nippertje had hij de aanval afgewend. Voor hetzelfde geld was er een zenuw geraakt en had hij nooit meer kunnen vechten. Om die beschadiging af te wenden, had hij zijn lichaam tegen de regels in buiten de ring als wapen ingezet. Hij had snel gehandeld: puur op instinct had hij de jongen afgeweerd. Na die klap had hij er een paar bij gegeven om de agressor wat te verzwakken, maar niet zoveel dat die de komende dagen niet op het werk kon verschijnen; Amir wist hoe ver hij kon gaan. Een uur later meldde hij zich onder naam en adres van een van zijn broers in de polikliniek om zich te laten behandelen voor de verwonding. Niemand hoefde te weten dat de wereldkampioen in een ziekenhuis gesignaleerd was. Het was allemaal met een sisser afgelopen.

Maar dit was anders. Dit was veel groter, rauwer en ongrijpbaar. De overwinning op de Japanner betekende voor Amir dat hij een tonnetje of wat kon bijschrijven op zijn bankrekening en dat de aandacht vanuit Japan voor een groot gevecht in Tokio nu echt serieus zou gaan worden. Die Japanners zonnen natuurlijk op revanche. Van hem mochten ze, maar dan moest er wel gedokt gaan worden. Met deze overwinning had hij zijn ticket richting een miljoenendeal binnen. Die droom van succes was in één nacht voorgoed vervlogen.

Fernandes was snel ter zake gekomen. Het was de vroege ochtend erna.

'Na dit gesprek verlaat je dit huis. Er is nog geen aangifte gedaan, dus tot die tijd ben je veilig, maar zodra onze vriend ontwaakt ben je erbij. Als hij geen getuigenis weet te geven, doen de camerabeelden het wel. Moest je hem echt zo hard raken? Kan je eens een keer wat minder scherp door het leven gaan? Eens even niet de grote vechter uithangen?'

Fernandes was tegenover hem gaan zitten in die karakteristieke pose die Amir van hem gewend was: losjes op een stoel, benen stevig uit elkaar, het bovenlichaam voorovergebogen – het deed hem denken aan van die grote kranen waaraan een sloopkogel hing –, de wat hij dan maar noemde an-offer-you-cannot-refuse-pose. In deze houding ging Fernandes de onderhandelingen in. Zoon van Surinaamse ouders die met de onafhankelijkheid van Suriname naar Nederland waren gekomen met de gedachte na het voltooien van hun studie terug te keren naar het autonome vaderland om daar hun steentje bij te dragen, totdat er door Desi Bouterse de klad in kwam. Paramaribo werd ingeruild voor Almere. Fernandes was trots op zijn afkomst en altijd en overal memoreerde hij tegenover iedereen die het maar wilde horen dat de hele wereldgeschiedenis door zijn aderen kolkte. Javaans. Creools. Bosneger. Hindoestaans. Joods, je kon het zo gek niet bedenken of er was wel ergens in de stamboom een interculturele scheve schaats gereden, een amoureuze alliance aangegaan, een wereldboom opgezet, en hij plukte daar de vruchten van. 'Voor de Chinezen ben ik een Chinees, voor de zwarten een zwarte.' Fernandes was ideaal om als agent te hebben: hij verkocht je met zijn charmes aan de halve wereld. Charmes waar op dit vroege uur geen plaats voor was.

'Jij zit met een probleem, maar ik ook,' zei Fernandes.

We hebben allemaal problemen, dacht Amir, sommige wat groter dan de andere. Het gaat erom elkaar van die problemen af te helpen. Dan zal er op een dag wereldvrede zijn. Uiteindelijk vocht je jezelf naar de wens om vrede te sluiten. Daar kwam alles samen. *Om mani padme hum.* Vrede, vrede, godverdomme, vrede.

Er was iets vreselijk misgegaan. Aanwezigen hadden het gezien, links en rechts waren mensen weggedoken. Amir lag met de kop naar boven te luisteren naar de zinnen die als regenvlagen op hem neerkwamen. Amir kon zich niets van het voorval herinneren; niets van wat er de avond ervoor gebeurd was wilde zich echt uitkristalliseren, het incident leek te hebben plaatsgemaakt voor de schaamte en andere dingen die hij begon te voelen.

De ontzetting en angst die loskwamen wentelden in hem tot een grote grijze brij die het zicht op iets van substantie onmogelijk maakte. Als hij zijn ogen sloot, wat hij die ochtend veel deed, zag hij een geestverschijning op hem afkomen, met een nogal brutale grijns, die bij hem een intense woede opwekte. Daarna werd het rood en hoorde hij iemand zeggen: 'Dat was niet de bedoeling. Dat was zeker niet de bedoeling.' Einde fragment.

Het enige wat hij zeker wist, was dat hij na het grote gevecht iets vreselijk doms had gedaan. Hij wilde Chanel beschermen. Voor haar opkomen. Blijf van m'n meisje af, hond.

Fernandes keek afwisselend naar zijn vriend op de bank en naar het grote plasmascherm dat aanstond op CNN. In de Arabische werelden waren mensen in driedelig pak, sluiers en gewaden en werkkleding de straat op gegaan om te vechten voor hun vrijheid. Iedereen leek er te demonstreren. De verkoelende zak ijs op Amirs voorhoofd leek met gewicht en al in hem weg te zinken. Was dat maar mogelijk, iets van de chaos in zijn hoofd verwisselen voor de helderheid van het ijs.

'Wat is je probleem?'

'Ik heb een dochter.' Amir wist dat Fernandes een dochter had. Jonge meid.

'Ja. Majda. Jaar of veertien.'

'Dat is de dochter die je kent. Er is ook een dochter die je niet kent. Ze heet Gina. Ze is begin twintig en bijna afgestudeerd antropologe. Bij mijn eerste vrouw gemaakt.'

'Antropologe? Dat is toch iemand die indianen bestudeert?' Amir kwam wat overeind om zichzelf een glas koud water in te schenken. Hij slobberde het naar binnen. Hij was blij dat Fernandes deze dingen vertelde, zodat er tenminste iets van informatie zijn hoofd binnenkwam, want in zijn binnenste leek een groot gapend gat geslagen te zijn. De hele wereld kon erin plaatsnemen.

'Al bestudeert ze de bosnegers, maar daar wil ik het niet met je over hebben. Ze was de afgelopen dagen niet bereikbaar. We maakten ons zorgen, haar moeder en ik.'

Fernandes was de afgelopen dagen inderdaad onrustig geweest, bedacht Amir. Normaliter was Fernandes altijd wel in een of ander telefoongesprek verwikkeld. Contracten, sponsoren, wedstrijddata; zakelijke onderhandelingen, en het meeste ging aan Amir voorbij. Het waren altijd dezelfde gesprekken, met een min of meer te verwachten conclusie: de deal ging door, de deal ging niet door. Sinds ze besloten hadden om alleen nog met bonafide partners in zee te gaan waren veel deals niet doorgegaan, maar wat ze ervoor terugkregen was rust, stabiliteit en kracht. Ze wisten dat ze de goede kant op gingen. Als je revolutie maakte, haakten mensen af. Dat hoorde erbij.

Deze keer was anders. Fernandes' stem was geagiteerd door iets wat buiten het zakelijke lag. Het ging om een persoonlijke zaak. De naam van zijn eerste vrouw viel, wat opmerkelijk was omdat Fernandes maar zelden over haar sprak. In de aanloop naar het gevecht miste hij hem. Hij glipte weg tussen de trainingen en op weg naar het stadion was hij veel in gesprek geweest. Waar het over ging wist hij niet. Fernandes was geen harde prater, nooit. Zacht praten, dat maakte meer indruk op de onderhandelingspartner. 'Zacht praten, hard toeslaan.'

'Vanochtend kreeg ik een telefoontje van haar. Je raadt nooit waar ze is.'

'Nee,' lispelde Amir. Spreken ging hem ook niet lekker af. Woorden klonterden samen rond klemtonen en de klinkers moesten erbij verzonnen worden. Alles wat hij zei, klonk verdacht.

'Gina reisde samen met een vriendin door Marokko. Die vriendin moest wat eerder terug naar huis voor een nieuwe baan waaraan ze gaat beginnen. Gina heeft zich aangesloten bij een reisgezelschap. Dat had haar moeder voor haar geregeld. Een kennis van mijn vrouw leidt zo'n politiek correcte reisorganisatie die studiereizen naar macrameeënde Bolivianen organiseert. Ze verdienen geld als water, daar is onze sport kinderspel bij. Een paar dagen terug belde m'n ex dat die groep avonturiers op sandalen ergens heel ver weg van de bewoonde wereld in een van God en Allah verlaten dorpje terecht was gekomen. Stitant of Stittint, weet niet of het een belletje bij je doet rinkelen?' Fernandes liet hem het blaadje

zien waarop hij de naam in zijn hanenpoten had opgekrab-
beld. 'Ik weet dat je het moeilijk hebt, en je weet dat ik alles
voor je doe, maar dit gaat om mijn dochter. Ze heeft haar
vader nodig. Ik heb me op zitten vreten.'

'Wat is er dan?'

'Onderdeel van het programma was de mystery-tour, een
soort van rondgang langs een aantal verafgelegen dorpjes,
waar het authentieke Marokko in de rottende bek wordt gekeken. Dus zij ernaartoe, ze moesten mobiele telefoons en
al die dingen meer in het hotel achterlaten. Authentiek,
authentiek. Gelukkig had zij wel haar mobieltje mee toen ze
aankwamen in een dorpje waar op de lokale vrijdagmarkt
de reisleider nogal ongelukkig en helaas bijna fataal door de
oudste ezel in de regio in zijn hals werd gebeten. Die man
moest heel snel afgevoerd worden. Niemand die daar een
woord Frans sprak, en niemand van de reizigers ook die een
woord Arabisch of wat ze daar spreken, uit de keel kreeg. De
gastvrijheid van de mensen daar wil dat ze je niet laten gaan
voordat alles weer in orde is. Ze zijn dus als het ware gevan-
genen van de omstandigheden. Ze heeft drie dagen lang
lamsvlees met pruimen gegeten en kip gevuld met kruiden
en groenten, couscous totdat ze er ziek van werd. Maar bereiken kon ik haar niet. De batterij van haar mobiel was leeg
en het dorp beschikte alleen over een noodaggregaat dat bij-
gevuld moest worden met benzine, die natuurlijk net op was
op het moment dat ze het nodig hadden. Moest gehaald worden, en zo waren ze drie dagen verder. Toen kon ze pas bellen. Nu wil iedereen weg, maar de dorpelingen schamen zich
dood. Ze zijn bang voor represailles.

Nu komt mijn verzoek, beste vriend, sahbi. Jij gaat voor
mij naar Marokko. Wat gisteravond is gebeurd, is het dom-

ste wat je ooit had kunnen doen. Maar ik ga het oplossen. Om het op te lossen heb ik tijd nodig. Alleen, ik kan niet helder denken als ik elke keer aan mijn dochter denk. God mag weten waar ze is. Daarom wil ik dat jij haar op gaat halen.'

'Heeft de reisorganisatie niemand om ze op te halen?'

'Na gisteravond vertrouw ik die reisorganisatie voor geen meter meer. De man die jij hebt neergeslagen, slimmerik, is, op afstand weliswaar, namelijk stomtoevallig de eigenaar van die hele club. Hij is rijk geworden met georganiseerde groepsreizen in Europa en doet er een paar exotische bestemmingen bij. Als je in dit land een groepsreis boekt, is de kans groot dat je zijn koffie drinkt, in zijn kamer slaapt en op zijn toilet poept. Snap je wat ik bedoel? Ik wil niet dat iemand erachter komt dat mijn dochter in zijn reis zit, nu bekend aan het worden is dat jij een beetje te heftig van je afgebeten hebt. Waar het me om gaat, is dat we de onzichtbaren niet wakker maken. Wij gaan dit op onze eigen manier oplossen, wat betekent dat ik je op een kleine vakantie naar Marokko stuur om Gina op te halen.'

Hij haalde zijn iPhone uit zijn binnenzak om Amir een foto van Gina te laten zien. Leek verdomd veel op haar vader. Diezelfde charmante zweem om de lippen, maar intense, strenge ogen. Moeilijk type. 'Dit is Gina. Ze zal niet veel veranderd zijn.'

Fernandes zette de iPhone weer uit. 'Jou vertrouw ik hierin. Jij spreekt Marokkaans. En je moet sowieso even in de luwte. Je rijdt vanavond nog naar Zaventem. Ik heb hier een ticket voor je. Niks kan je voor de rest gebeuren. Het enige wat jij hoeft te doen is mijn dochter terughalen, dan los ik hier de zaken op.'

'Vandaag zal de politie komen om me te verhoren. Als ik wegloop dan ben ik het haasje.'

'Ik heb alles gezien gisteravond,' zei Fernandes, zonder emotie. 'Toen jij en Chanel naar boven gingen, ben ik jullie een half uur later achterna gekomen. Ik wilde weleens zien waar jij het met je vriendinnetje zo gezellig had. Het bleek minder gezellig te zijn dan ik had gedacht. Je hebt hem flink toegetakeld. Niet prettig om te zien. Je leek wel in een roes. Ontoerekeningsvatbaar.'

'Ze zullen willen dat jij ook getuigt. Een verklaring aflegt.'

'Nooit. Ik zal je nooit verraden. Ze mogen me op de grill gooien, dan nog zal ik niet vertellen wat je hebt gedaan. Het enige wat ik van jou vraag, is dat je mijn dochter ophaalt. Als we dit goed oplossen, kunnen we straks weer het gevecht aangaan. Ik weet zeker dat onze vijanden zich nu te pletter lachen. Het heel fijn vinden dat jij aangeschoten wild bent. Ze lachen zich rot. Ik verdenk ze er zelfs van dat ze dit hebben uitgelokt. We hadden te veel succes, te veel aandacht, en daarbij komt dat we het allemaal schoon en netjes en goed deden. Door wat er gisteren is gebeurd hebben we laten zien dat we geen haar beter zijn dan zij.'

Amir stond op, wankelde en vond z'n stabiliteit terug. De wereld was een ring.

'Oké. Ik ga naar Marokko.'

'Maar vertel Gina niet dat ik jou heb gestuurd. Ze wil niks met me te maken hebben. Ze is boos. Ze heeft me nooit vergeven dat ik bij haar moeder ben weggegaan. Wat was ik stom. Wat was die vrouw een secreet. Afijn, als die ook maar het vermoeden krijgt dat ik erachter zit, stuurt ze haar advocaat op me af.'

Wraak was een gerecht dat ijskoud gegeten moest worden.

Amir wist dat Fernandes zijn eerste vrouw verlaten had voor zijn personal assistant. Alles was beter aan haar, zei hij. Ze had minder praatjes, ze was altijd netjes. Ze neukte beter. En ze vond het niet erg om geneukt te worden. Fernandes kon niet werken zonder een neukpartij tussen twee klussen in. Hij neukte overal. Op vliegvelden, tussen twee partijen door, na een vergadering. Het kalmeerde hem. Seks was zijn yoga.

Amir voelde de koppijn opkomen. Hij wilde niet weg. Hij wilde verdwijnen in het niets. Maar niet naar Marokko, waar hij al een tijd niet was geweest, waar hij herkend zou worden, waar hij bovendien zelf niks te zoeken had.

'Waar denk je aan,' vroeg Fernandes.

Amir wees naar zijn hoofd. 'Dit gezicht kent iedereen.'

'Waar zij terecht zijn gekomen is niet de bewoonde wereld. En laat een baard staan. Dat gaat bij jou snel.'

Fernandes legde het ticket op tafel. 'Alles is geregeld. Zeg ja. Ik zal je uit deze shit helpen waar je in zit, en jij haalt Gina op. Zorg ervoor dat ik weer gelukkig met haar kan zijn.'

Amir aarzelde. 'Gisteravond is er nog meer gebeurd. Chanel is bij me weggelopen.'

'Ze is natuurlijk geschrokken. Ze komt wel terug. Bel met haar.'

'Ik weet niet of ze terug gaat komen. Ze was heel erg in de war. Mensen gaan me in de schoenen schuiven dat ik haar kapot heb gemaakt en dat het door mij komt dat ze in de war is geraakt. Er is niemand die haar verhaal zo goed kent als ik. Met haar familie heeft ze niet zo'n goede band. En toch zullen ze mij haar ellende in de schoenen schuiven, omdat het voor de hand ligt, omdat het wel moest gebeuren.'

'Moet ik Chanel bellen?'

'Nee. Je moet naar huis,' zei Amir, 'en wachten totdat deze storm overwaait. Blijf binnen en als je de deur uit gaat, neem dan een beveiligde wagen.'

'Waar is Chanel?'

'Laat haar. Chanel is waar ze naartoe wilde gaan.'

4

Bij aankomst in Casablanca begon het gedonder al. Het dorp waar hij moest zijn, bleek spoorloos.

Nadat Amir op Casa Voyageurs, waar de treinen naar Marrakech en Rabat elkaar kruisen, bij een van kranten en boeken uitpuilend kioskje een kaart van Marokko had gezocht om dat dorpje Stittint te zoeken zonder het erop te vinden, viel het kwartje. De naam van het dorp was opgeschreven door Fernandes, die de Arabische taal niet beheerste, waardoor er natuurlijk niets van klopte. Hoe vaak was zijn eigen naam niet verkeerd opgeschreven? Amier. Ammer. Ammier. Aamier. Salem, Salaam, Sjalom. Daarom had hij zich Bad Boy laten noemen; niemand die dat verkeerd uitsprak.

Aan een tafeltje van een aan het station grenzende café zat hij te bedenken hoe hij het aan kon pakken. Er was broddelwerk geleverd, een stoot op de kin waard. Wat was de werkelijke naam van het dorpje? Op het tafeltje had hij zijn telefoon neergezet. Fernandes had Gina's nummer meegegeven, maar haar telefoon stond uit. Dus het moest anders.

Zijn koffie was koud geworden. Een oud vrouwtje kwam in haar versleten lange jurk langsgedreven met een bedelende hand spits vooruitgestoken. Er een paar dirhams in deponeren zou haar tred net wat lichter maken. Hij gaf haar vijf dirham. Veel te weinig natuurlijk, maar een grote fooi geven was ook weer zo arrogant. Naast hem zat een jong stel te roddelen over vrienden en familie, af en toe een heimelijke blik op hem werpend. Hij draaide van ze weg. Handtekening, praatje, volk om je heen als consequentie en binnen een half uur weet heel Marokko dat je in de stad bent. Hij prentte zich de laatste woorden van Fernandes in: 'Het succes van deze reis valt of staat met jouw talent om onder de radar te blijven. Probeer zoals je dat zo goed kan in de ring de eerste paar ronden onzichtbaar te blijven voor je tegenstanders. Geef geen aanleiding de aandacht op je gericht te krijgen. Houd dat zo lang mogelijk vol, totdat je je beste krachten kan aanwenden om terug te slaan.'

Hun vijanden. De onzichtbaren. Ze waren opgedoken toen Amir als jonkie voor het eerst opviel met zijn vechttalent. Zij kwamen af en toe langs om de stemming te peilen bij Amir, om te kijken of er wat te halen viel. Ze keken naar hem en op het moment dat hij kwetsbaar was, doken ze op met een wurgcontract, een leuk voorstel, een aanbod dat je niet kon weigeren. Klootzakken. De onzichtbaren hadden geen idee waar je vandaan kwam, maar ze wisten wel waar je naartoe moest. De liefde die ze voor jou hadden werd vele malen overtroffen door de liefde die ze voor zichzelf hadden. Als ze over je spraken, bleef er weinig van je over. Ze praatten je naar de mond op zo'n kunstige wijze dat je er bijna van overtuigd raakte dat je zelf niet meer hoefde te spreken. Door de onzichtbaren was hij het contact met zijn broers kwijtgeraakt, omdat ze tussen hem en zijn familie in waren gaan staan. Die zagen ze als een bedreiging voor de zaakjes die ze in de vechtsport bestierden.

In Fernandes had hij een partner tegen hen gevonden. 'Want als we willen dat deze sport ook kinderen en vrouwen trekt, moet het anders. Wij kunnen dat voor elkaar krijgen als we ons eigen plan trekken. Dat betekent wel dat we afstand moeten nemen van die gasten. Ze mogen niet weten wat we doen.' Met die woorden had Fernandes hem overgehaald om te reiken naar de sterren. Om een grote held te worden. 'Zoals Mohammed Ali het boksen veranderde in een gevecht om huidskleur, om vrijheid, om geluk, zo kun jij je sport veranderen in een familie-evenement, een plek van verbroedering, tolerantie. We gaan het anders doen.' Die mantra van Fernandes waar Amir zo gevoelig voor was gebleken: we gaan het anders doen.

Hij pakte het mobieltje weer en tikte een berichtje in voor Gina: *Hoi, ik ben Yassin, de nieuwe gids.* Yassin was de naam die hem te binnen schoot als schuilnaam voor deze reis. De naam van zijn oudste broer. Hij miste hem. Hij miste ze allemaal. *Ik heb jouw nummer van de reisorganisatie gekregen. Waar zitten jullie? Ik ben onderweg.* Dat zou ze wel lezen als haar telefoon weer aan was. De juiste, lichte toon aanslaan. Vertrouwen wekken. Een leugentje om bestwil.

Hij legde het mobieltje terug op tafel. Gelatenheid kwam over hem. Je kon niets veranderen aan de situatie; in het gunstigste geval veranderde de situatie jou. Het beste was om de dingen te nemen zoals ze kwamen. Rustig afwachten ging hem in Marokko makkelijker af dan in Nederland, waar iedereen zich zo haastte, waar alles en iedereen aan elkaar hing van de afspraken, terwijl de mensen hier er geen probleem mee leken te hebben af en toe een afspraakje mis te lopen. Misschien geen slecht idee om terug te keren naar het oude sprookjesachtige vaderland, waar het klimaat krampjes en ontstekingen als sneeuw voor de zon liet verdampen, waar een hand naar het hart, een glimlach genoeg was om de zenuwpijn te stillen. Dit land waar talen net zo makkelijk met elkaar werden gemengd als de kruiden voor de welriekende tajines. Al Maghreb, je t'aime!

Hier, in het droge en warme Marokkaanse klimaat, begon de koppijn al wat weg te ebben, en voor het eerst in dagen ontspande hij een beetje. De sandwich die hij at, smaakte tenminste ergens naar. Hij bestelde er nog een. De donkere waas die hem verhinderde zich de gebeurtenissen van de afgelopen dagen voor de geest te halen, zwakte aan de randen wat af. Het leven kwam weer naar hem toe in plaats van zich van hem te verwijderen, en plotseling kreeg hij een herinnering door. De laatste avond met Chanel.

Waarom liep ze weg? Hij had haar toch gezegd dat alles goed zou komen? De herinnering vervolgde. Vlak na haar verdwijnen, het park in, klonk een gil tussen de bomen door. Een schrille, lange gil, die de bladeren deed trillen. Het had geen zin om deze herinnering, nog zo vers dat hij de vochtige aarde van het Beatrixpark meende te ruiken, te onderdrukken. Hij moest ontspannen opdat dit alles rustig zijn lichaam kon verlaten. Herinneringen groeiden uit hem als bomen, om te veranderen in vogels die uit het zicht verdwenen. Koffie opdrinken. Voorbereidingen treffen.

Aan de overkant van het station pinde hij zoveel als mogelijk was. Hij joeg vier pinpassen door de geldautomaat. Voor een paar duizend euro aan dirhams op zak: het gaf een gevoel van veiligheid. Hij zou zich uit elke situatie kunnen kopen. Dit was de wereld. Een andere was er nog niet.

5

Nadat hij zijn tweede koffie ophad vroeg hij aan het stelletje dat al de hele tijd zijn kant op keek of ze ooit weleens hadden gehoord van een plaats die klonk als Stittint, maar Stittint niet was. Hoe moeilijk ze het ook vonden om hem, deze zoekende reiziger, te moeten teleurstellen, uiteindelijk moesten ze na lang soebatten en overleg plegen met elkaar toegeven het dorpje niet goed te kennen. Ze rekenden daarna snel af en vertrokken, alsof ze op de vlucht waren voor een misdrijf. Hij keek op zijn mobiele telefoon. Zolang er geen bericht kwam van Gina was het beter om zelf initiatief te ontplooien.

Hij had net zo goed de weg naar Boxmeer kunnen vragen, merkte hij algauw. Marokko had duizenden dorpjes met dit soort namen, en niemand onthield ooit iets. Hij ontdekte dat mensen op vele attente manieren ik-weet-het-niet kunnen verkopen. Eerst werd peinzend in het kopje thee of koffie gekeken, waarna een antwoord op zich liet wachten. Wat konden ze met hun ogen draaien zeg, om aan zijn onderzoekende blik te ontsnappen.

Op nee zeggen stond in Marokko de banvloek, en al helemaal tegen een vreemdeling die je nooit meer terug zou zien. Werkelijk iedereen nam de tijd om deze aardige, grote, vriendelijke reus te helpen. Sommigen staarden hem na zijn vraag lang aan, anderen begonnen enthousiast in de landkaart met een Bic-pen aan te wijzen, strepen en cirkels te trekken, kortom de boel onder te kliederen in hun maniakale poging hem enige hoop te geven, daarmee de zaak alleen maar verergerend. Het had geen zin om hun verhaal te onderbreken als je wist dat het toch niets opleverde. Dan stootte je ze echt voor het hoofd, en voordat je het wist werd er dan over jou de banvloek uitgesproken. En daar had hij geen zin in, om in de eerste paar uur al tegen het boze oog aan te lopen, dat zou de hele reis alleen maar bemoeilijken.

Tijd om naar de taxistandplaats te gaan, waarvandaan elke minuut met passagiers en spullen volgestouwde wagens vertrokken naar de andere grote steden, en verder; tot aan de meest verafgelegen plekken van het land kwamen deze vehikels.

Passagiers die hem vertwijfeld zagen staan vroegen hem of hij hulp nodig had.

'Stittint?'

Heette het dorpje echt Stittint? Weet je zeker dat het niet om de Gorges de Todra gaat? Of Marrakech? Of de duinen van Marzouka? Dat zijn onze toeristische trekpleisters. Kan allemaal makkelijk in een week gedaan worden. De reisadviezen kreeg hij er gratis bij.

De hulpvraag was klein maar prangend, het aanbod enorm en van fluctuerende kwaliteit. Hij kon onmogelijk iedereen evenveel aandacht geven. Sommigen drukten hem van achteren een hand op de schouder om zijn aandacht te trekken. Anderen gingen heel dicht tegen hem aan staan, om hem te isoleren van de rest. Iedereen had zo zijn trucjes om bij hem in het gevlij te komen.

'Jongens, kom even helpen, deze broeder zoekt Stittint.'

Hij hoorde zijn naam vallen. Sommigen vroegen zich af of hij niet die bekende vechter was. Hij sloot zich ervoor af. Hij was niemand.

'Stittint, nooit van gehoord!'

'Bedoelt hij Stat? Dat ligt de andere kant op.'

Uit de wirwar van stemmen klonk plotseling, als een glas waar tegenaan werd getikt, de scherpe stem van een man die zei dat hij Stittint kende. Een taxichauffeur, die met zijn armen over elkaar voor de motorkap van zijn wagen stond. Sigaret nonchalant in de hand, een overhemd met gaatjes erin en de huid gelooid door benzinedamp, brandend wegdek en zon; zo'n man die in een kwartier meer bij elkaar schold dan jij in een heel leven. De laatste der asfaltvreters, met een ecologische voetafdruk zo groot als een olifant. Zo'n man van wie je weet dat als ie je eenmaal als gehoor heeft, hij je helemaal volgiet met het zoete gif van roddel en achterklap, wereldpolitiek die door samenzweringen wordt beheerst en melodramatische schandaaltjes van gevallen sterren.

'Alleen weet ik niet of het nog bestaat'; en hij pakte Amirs tas om die in de achterbak te zetten. 'Met al die nieuwe ontwikkelingen in de economie verdwijnen de dorpen in rap tempo. Iedereen trekt naar de stad. Een dorp is meer dan alleen wat hutjes en huisjes, het is een geestesgesteldheid. Een manier van leven. Nou, ik kan je zeggen dat die manier van leven heel snel aan het verdwijnen is. Een zieke ezel kwijnt nog langzamer weg. Ik dacht dat ik de laatste inwoner van Stittint had vervoerd. Niet een plek waar mensen vanuit de grote stad naartoe gaan.'

Veel sneller dan verwacht zou hij de groep bereiken. Het hart van Amir maakte huppeltjes. 'Ik wil naar Stittint.'

En toen gebeurde wat Amir niet had verwacht: ook allerlei andere mensen dienden zich ineens aan om mee te gaan naar Stittint, alsof door de nooit gedachte aanwezigheid van dit dorpje het een shangri-la was geworden waar je niet anders dan naartoe kon willen. De chauffeur lachte met zijn droeve hoofd om zoveel enthousiasme, om de teleurstelling die hij voor ze in petto had.

'Met hem erbij zit ik vol, ik weet niet eens of ie met zijn reuzenlichaam in m'n bolide past,' sprak hij de menigte toe. 'Alleen ik weet waar het ligt, en niet eens volledig, dus doe geen moeite me achterna te reizen!' De taxichauffeur boog zich naar hem toe: 'Ze helpen u alleen maar omdat u op die beroemde vechtsporter lijkt. Als u geen aandacht wilt, kunt u het beste onderweg ergens een dikke boernoes kopen. Die zult u wel nodig hebben, want de nachten zijn hier koud. Met wat baardgroei herkent niemand u meer. Ik heb het gevoel dat u op een bijzondere expeditie bent, u wilt uw eigen gang kunnen gaan. Volgens mij gaat het om een belangrijke zaak. Doe uzelf dus een lol en maskeer uw gedaante een beetje. Welkom in het land van de schimmen.'

De man plofte neer in zijn stoel, waar hij semiprofessioneel met de pook begon te spelen. Mannen moesten van de dingen eerst speelgoed maken voordat ze ze serieus konden gebruiken.

Amir propte zichzelf de taxi in, waar al twee mannen in zaten, en een vrouw die van top tot teen ingewikkeld was. Aan hun lusteloze houding te zien waren ze al de hele ochtend aan het wachten. Maar ze waren de stad nog niet uit of er brak tussen de chauffeur en zijn passagiers een gepraat los dat de hele dag zou voortduren, alsof met het begin van de reis ook een spreekverbod was opgeheven. Hij schoof zichzelf in de juiste houding voor de reis. Reizen in Marokko was een cursus origami. Zijn knieën kwamen tot aan zijn kin en hij hield zijn armen om zijn benen geklemd om ervoor te zorgen dat hij niet alle kanten op schoot bij het betere bochtenwerk van de chauffeur. De mobiel ging over in zijn binnenzak. Het ding eruit krijgen zonder iemand met elleboog of knie voor het hoofd te stoten, letterlijk, was nog een hele klus, en vooral de vrouw mocht hij nergens raken. Gelukkig zat ze voorin.

Heel voorzichtig, alsof hij een moderne dans uitvoerde in een van de theaters van de grachtengordel, wist hij het mobieltje op te vissen. Zijn voorgevoel klopte. Het was Gina. *Dag Yassin. Fijn dat je komt. Je hebt gelijk. Het dorp heet helemaal geen Stittint.*

Wat volgde waren de naam van het dorp en die van de dichtstbijzijnde grote stad. De naam die ze hem gaf week werkelijk veel af van Stittint.

Amir perste zich wat naar voren. 'Ik moet niet naar Stittint,' zei hij tegen de taxichauffeur. 'Ik moet naar Stisj 'N Tizi, en dat ligt in de buurt van Errachidia.'

'Dat dacht ik al,' zei de taxichauffeur.

'Waarom zei u dan niks?'

'Dan zou u boos op mij geworden zijn. Het zou geen zin hebben gehad een sterke, eigenwijze man als u proberen te overtuigen dat een eenvoudige taxichauffeur wel voorvoelde welke kant u op moest.'

'Dus nam u me gewoon mee, zonder me te vertellen waar u echt heen ging?'

'U was daar op die taxistandplaats wanhopig; iedereen had misbruik kunnen maken van de situatie. Ziet u niet dat ik u heb gered?'

Tegen zoveel arglistigheid kon Amir niet op. Dus stelde hij zich tevreden met het antwoord, wurmde zichzelf terug in de krapte van de achterbank en keek naar buiten. Misschien ging het toch nog goed komen. Met hem. Met Gina.

6

Amirs tweede geboorte, die in de bokshal, vond ook plaats op tweehoog, zo'n veertien jaar na zijn eerste.

In Amsterdam-Oost, waar de familie Salim woonde, waren binnen een straal van twee kilometer meerdere boksscholen om uit te kiezen. Tussen de Amstel en de Zuiderzeeweg, die de buurt van west naar oost begrensden, liep je makkelijker een boksschool in dan een supermarkt. De deur stond altijd open. Een eerste keer gratis meetrainen was nooit een probleem. Voorbijgangers hoorden uit de openstaande ramen het ritmisch tikken van de jongens die touwtje sprongen, het massieve slaan op de zak en losse kreten van aanmoediging en bezwering. Het was een wereld waarin alles in beweging was, waar roken en drugs en de gewoonte om tot diep in de avond op straat te hangen afwezig waren. Waar een verbod stond op stilstaan. De meeste jongens kwamen via leeftijdgenoten bij deze sport van de hoge moraal. Een neef of goede vriend vertelde over de trainingen die werden gegeven, waarna werd meegegaan voor een proefles. Je moest het een keer meemaken, al was het maar om de kampioenen te zien trainen over wie in de wijk werd gepraat. Dat was indrukwekkend genoeg. Als die eerste training naar meer smaakte, dan kwam de geïnteresseerde terug voor nog een training. En bleef komen, wanneer de weldaad van zo'n training werd gevoeld. De zenuwen ontspannen na afloop, het lichaam aangespannen en daarna losgelaten. De conditie werd steeds beter, totdat het voelde alsof je een onuitputtelijke voorraad energie had. Je was om. Als je talent had, vroeg de trainer je of je interesse had om ook competitie te vechten. Het was moeilijk om daar nee tegen te zeggen, want je wilde tenslotte op een dag alles wat je had geleerd en kon ook in praktijk brengen.

Als je vocht, dan keken de jongens met ontzag naar je en hadden de mannen respect voor je. En de meiden kregen zin in je. Alles draaide om een strak lichaam, om de sterke armen en die buik waarover een bonkig keienspoor van spieren liep. Of het nu goed ging of slecht, na afloop van een intense, zware training voelde je je altijd lekker. Je omarmde je tegenstander als een vriend, deed gezamenlijk een buiging voor de trainer en je ging met een opgewekt en opgeruimd gevoel naar huis. In de boksschool was er orde, discipline, en een norm waaraan je als vechter had te voldoen. Die norm gold voor iedereen, of je nou beginner was en niet eens fatsoenlijk touwtje kon springen of de grootste kampioen met een dikke Range Rover voor de deur. Door de bril van de norm werd de wereld bekeken. En wie geen respect had voor de norm, die bestond niet. Als je de norm negeerde, waren er verschillende strafmaten. Wie de technische norm overtrad, betaalde met een blauw oog of een schram en werd geprikkeld om nog beter en intensiever te trainen. Wie de ethiek van de vechtsport overtrad en liet blijken geen respect te hebben voor de wetten van de sport, moest vroeg of laat het veld ruimen. Dit was geen sport voor uitvreters. Wie zich aan de regels hield werd sterker en sterker, tot er een dag kwam dat het leek of er voor jou geen wetten golden. Maar dat was schijn; megalomanie werd door de norm afgestraft.

Het waren deze waarden die Amir in de loop der tijd gingen aanspreken in de vechtsport. En hoe meer fraude, corruptie en bandeloosheid hij om zich heen zag, hoe meer hij ging hangen aan de norm. Wie de norm respecteerde, respecteerde zichzelf.

'Waarom niet?' had zijn moeder zijn vader terug gevraagd op de vraag of dat vechten wel ergens goed voor was. Ze was naast hem gaan zitten om het Grote Probleem Amir te bespreken. Zijn vader lag op de bank met het kussen zoals gewoonlijk in zijn armen. Ze had hem voorgesteld Amir naar een vechtschool te brengen. Bij een buurjongen had de geregelde training haar vruchten afgeworpen. Hij werd niet meer lastiggevallen.

'Mijn zoon moet zijn school afmaken. In de boksschool maken ze vechtmachines en hij moet professor worden. Ken je het verhaal van die Ben Salah? Die al die successen vierde als kickbokser? Dat was een fijne jongen. Ik zag hem soms met zijn vader naar de moskee gaan. Parel voor de buurt. Iedereen sprak goed over hem. Maar niemand die weet waarom hij een paar jaar geleden is neergeschoten. Het is een mysterie. Die wereld trekt criminelen aan. Daar heeft hij niks te zoeken.'

En daarmee leek zijn vader gezegd te hebben wat hij wilde zeggen. De man schoof onderuit op de bank, liet het kussen over zijn maag glijden, legde er zijn handen op.

'Weet je wat crimineel is? Je zoon komt om de paar dagen in de kreukels thuis. De leraren doen er niks tegen. Niemand komt voor hem op. Dát is crimineel.'

'Vuisten richten schade aan. Het zal hem alleen maar verder in de problemen brengen.'

Amir hoorde de discussie aan. Waar zijn vader het vandaan haalde, was hem volstrekt niet duidelijk. Bleek er in die harde, laveloze man met zijn broeierige driften een zachte pit te sudderen ter grootte van een eendenei. Je moest het hem nageven: hij hield niet op je te verrassen. Luisteren naar zijn vader was een verwarrende ervaring: dan sprak er een oude wijsgeer van in de honderd, om plotseling over te gaan op het snelle, stuitend kortzichtige geklets van een jongeman die nauwelijks droog was achter de oren, en had die zijn betoog erop zitten dan kwam er ineens een afgewogen, zakelijk oordeel uit. Dat hoofd was een grabbelton van leeftijden.

'Hou toch op met die nonsens. Hij moet zich kunnen verdedigen,' zei zijn moeder intussen.

'Ik weet het niet.'

Zijn moeder stond op en liep naar de badkamer. Ze kwam terug met het eenpersoons dekbedovertrek waar hij de nacht ervoor onder had geslapen en duwde het zijn vader onder de neus. De zure geur die van het overtrek af kwam bereikte ook de neus van Amir. De geur zou iedereen hebben bedwelmd. Een geur van onzekerheid, nervositeit, angstdromen. Hoe steviger zijn moeder het overtrek tegen zijn vaders gezicht duwde, hoe harder hij het kussen naar zich toe trok.

'Snap je het nu? Snap je waar ik tegenop zie? Al dat wassen. Het kost ons ook nog eens klauwen met geld. Wie gaat dat stoppen? Ruik, ruik de geur van lafheid! Is dit soms waar je trots op bent? Dit heeft hij jaren niet meer gedaan. En nu plast hij weer.'

Er was geen ontkomen aan, dat wisten Amir en zijn vader allebei. Zijn moeder haatte die geur.

De volgende dag stond zijn vader hem voor het huis op te wachten, met alle toeters en bellen die bij het vaderschap horen: in pak, met opgepoetste bruine schoenen en een vette brylcreem in de snor. Die man kon zo doorlopen naar een dure filmset.

Klasse had hij wel, dat kon je hem niet ontzeggen, maar zijn probleem was dat hij er geen ruk mee had gedaan. Hij had op rommelmarkten gestaan, gekookt als hulpkok in de grote Amsterdamse hotels, was zelfs een tijdje als buurtvader actief geweest om de jeugd van de straat te houden, maar het was allemaal op niets uitgelopen omdat hij niet gelukkig werd van wat hij deed. Zoals zijn broers het vertelden, kwam het door een aangeboren koppigheid, die in de loop der jaren alleen maar sterker was geworden. Hoe vaak Yassir hem niet 's ochtends vroeg wakker had moeten maken, omdat de man door alle wekkers heen sliep. Hun vader was in alle uitgaansgelegenheden van Amsterdam geweest, had met de rijken gesproken en één ding geleerd: werken was voor de dommen. Liever begon hij te vertellen over de laatste film die hij had gezien of zong hij een lied dat hij ooit als jongen had opgepikt van de radio. In alle baantjes die hij had gehad, was het misgegaan omdat hij zich veel te goed voelde. En dan kwam je hier van een koude kermis thuis, hier waar iedereen verwachtte dat je het spelletje van doe maar normaal dan doe je gek genoeg wel meespeelde. Dat vertikte hun vader. Die kwam gewoon met zijn blauwe schoenen en mooie snor veel te laat en ging dan met zijn armen over elkaar staan kijken hoe de andere stumperds het vuile werk deden. De collega's vonden dat niet erg, zij genoten van zijn mooie verhalen en kwinkslagen. Hun vader had een gave voor het woord, en dat werd gewaardeerd. Voor de werkgever lag het anders, die zag er alleen maar verkwisting in. En hup, dan werd hij weer ontslagen.

Ze hadden er de pas in gezet, het hele stuk naar de sportschool liepen ze in een ongewoon snel tempo, alsof er medailles te behalen vielen. Met reuzenstappen liep zijn vader over de trambaan, door de winkelstraat, de lange straten lieten ze links liggen, om uit te komen bij de rivier. Langs het water pikten de kraaien naar aas. Ze glommen blauwig in het middaglicht. Hardnekkige beesten om te zien. Wat was de rivier toch mooi als je niets aan je hoofd had. Op een dag zou Amir gewoon op zo'n bankje daar gaan zitten en luisteren naar het gakken van de ganzen en de wind in zijn oren laten fluisteren. Dan mocht de wereld echt door de grond zakken. Dan zou hij alleen zijn, warm gehouden door de jas die zijn broers al bijna helemaal stuk gedragen hadden en die juist daarom zo lekker aanvoelde.

'Ik denk dat het hier is,' zei zijn vader. Ze hielden stil voor een groenteboer die al zijn waren in kartonnen dozen buiten had uitgestald. Zijn vader haalde een sigaret tevoorschijn. Het Marlboro'tje beefde tussen zijn vingers. Was hij soms bang zelf klappen te gaan krijgen? Het was tenslotte ruw volk waar ze op bezoek gingen. Je zag ze weleens lopen, van die kleerkasten. En later hoorde je dat ze waren neergeknald.

'Ik zie niks,' zei Amir.

'Het is die smalle deur daar, en dan naar boven. We zijn er. Kom, ik zet je af zodat ik terug kan naar mijn kussen.' Zijn vader keek naar hem en naar de deur.

'Ga je niet mee?' Van dat snelle wandelen was hij gaan zweten. Kletsnat was het onder zijn oksels.

'Ik heb met je moeder afgesproken dat ik je tot aan de deur zou brengen. Hier houdt het op voor mij.'

'Je gaat dus niet mee naar boven?'

'Ik heb daar niks te zoeken. Ik houd niet van vechtsporten.'

'Je moet mee. Als je niet meegaat naar boven, wil ik ook niet gaan.'

Zijn vader keek nog een keer naar de deur.

'Ik mis mijn kussen.'

'Handje geven. Even voorstellen. Dan kan je weer naar huis.'

Ze liepen de trap op, richting het geluid van klappen en het geschreeuw van mannen die elkaar aan het opjutten waren.

In de zaal kwam een kleine, bebaarde, vosachtige man achter de bokszak vandaan. De rug bezweet, het hoofd droog. De handen rood van de druk die erop was gekomen. De wangen ook rood, maar zonder een spoortje van vermoeidheid of zweet. Honderd procent sportiviteit. Geen grap. Moeilijk om niet meteen wat ontzag uit je borstzak te kloppen.

Niet voor zijn vader natuurlijk, deze officier van het lompenproletariaat, die de honneurs waarnam van de lange geslachtslijn Salims. Hij liet Amir los, duwde hem richting de trainer. 'Voeg je bij hem.'

Amir zag dat zijn vader zich niet thuis voelde hier. Het kwam misschien door het lage plafond, de kleine ruimte waar zich zoveel afspeelde. Hij liep weg voordat de man hem kon begroeten.

De trainer heette Ton.

'Je ouwe is een aparte,' zei hij.

'Mijn vader mist zijn kussen,' zei Amir.

Hij had iets stoms gezegd, het kwam door de nieuwe omgeving met al die mensen, die halfnaakte lichamen die niet stil leken te kunnen staan. Alsof er straf op stond.

'Wat hij met z'n kussen doet zal me een worst wezen. Heb je weleens gebokst?'

'Op school. Ik heb een jongen op zijn neus geslagen. Het bloedde. Ik had pijn in mijn knokkels. Maar het voelde wel lekker. Ik was van mijn slechte gevoel af.'

'Dat heet niet boksen, dat heet vechten. Hier gelden andere regels. Preciezer gezegd: hier gelden regels.'

'De eerste les is gratis, zei mijn broer. Hij vertelde ook dat hij u kent.'

'Iedereen kent mij, dus jouw broer ook. Heb je kleding bij je?'

Amir schudde zijn hoofd.

'Ik denk dat ik je broer dubbel in rekening moet brengen. Je komt niet alleen om te boksen, je komt ook om gekleed te worden. Maakt niks uit. In de kleedkamer liggen wat shorts. Schoenen en t-shirt komen later wel. Windsels mag je ook van hier meenemen. Ik stuur de factuur wel naar die gekke broers van je. Ga maar touwtjespringen.'

Een half uurtje deed Amir warming-up en wat oefeningen. Toen zei Ton: 'Nu wil ik je weleens zien boksen. In de ring!'

Hij kreeg de bokshandschoenen om. In de eerste sparring, die drie minuten duurde, kreeg hij een klap op zijn gezicht, werd hij geraakt op zijn lever en moest hij uit de touwen gehaald worden. Maar in plaats van af te knappen voelde hij iets anders: dat hij recht had op een herkansing om zijn fouten te corrigeren.

'Ik wil terug,' zei hij tegen Ton. En de trainer knikte. 'Ga maar terug. Laat maar zien wat je kan.'

Anderhalf uur later stond hij buiten, en tot zijn verbazing was het al helemaal donker. Het was fijn dat hij even alles was vergeten. Zo hard had hij zich moeten inspannen van Ton dat hij geen seconde de tijd had om erover na te denken waar hij was. Onder zijn kleding kolkte de warmte van het gevecht nog, hij werd erin gekookt, in deze mannelijke bouillon van hitte en hitsigheid. Oerschreeuw na oerschreeuw hoorde hij achter zich. Daarboven brandde het licht fel, alsof er een brand woedde. Achter die brede ramen vochten de topatleten, waar hij zelf een paar minuten daarvoor nog bezweet tussen had gestaan. Opnieuw voelde hij het verlangen om terug te gaan en zijn plaats op te eisen. Hij keek op z'n Casio-horloge. Het was tien over zes. Het tijdstip van zijn geboorte.

Toen Amir twee dagen later terugkwam, nam Ton hem apart. 'Ik wil dat je niks anders doet, dan doen wat ik zeg.'

Hij zette Amir in een hoek met een andere beginner. Stootoefeningen. Hoeken maken. En de positie goed krijgen. Daar werden de eerste lessen aan besteed.

Toen de ander door mocht naar de jongens die al wat verder waren, hield Ton Amir bezig met een andere beginneling. Opnieuw moest Amir beginnen aan de reeks bewegingen die hij al onder de knie dacht te hebben. Dat ging weken zo door. Als Amir chagrijnig keek of verslapte, tikte Ton hem wakker. 'Wat is er? Vind je het hier niet leuk? Je kan altijd van club veranderen.' Amir beet op zijn lip. Hij ging niet zeggen dat het hem na een maand van steeds hetzelfde doen, en dat altijd geïsoleerd van het groepje, niet alleen begon vervelen, hij begon het onrechtvaardig te vinden. Hiervoor kwam hij toch niet?

'Je hebt bij dat rondje sparren laten zien dat je talent hebt, maar er mankeert nog veel aan je techniek. Je had nooit in de ring mogen staan. Die jongen is niet meer terug geweest, wist je dat?'

Ik heb straf, dacht Amir. Maar hij zei niets.

'Voel je niet gepakt,' zei Ton, 'want als je je gepakt voelt, kan je nooit een goede vechter worden. Met dat gevoel kom je niet ver.'

Na drie maanden in steeds dezelfde hoek met steeds weer een andere beginneling die na verloop van tijd door mocht naar het volgende groepje, terwijl hij lijdzaam moest ondergaan dat hij achterbleef, was Amir het zat. Met tranen in de ogen stond hij voor Ton wéér diezelfde bewegingen te repeteren. Hij kon niet meer. Fysiek was hij sterker geworden, maar mentaal was hij leeg. Dit was geen sport voor hem. Hij zakte door zijn knieën van de treurnis die over hem kwam. Ton hielp hem opstaan. 'Drink wat water en stel je niet zo aan. Wil je een kampioen worden of niet? Zie je die jongens die doorgaan? Die zijn dolblij. Maar ze zijn niet goed. Op een dag verdwijnen ze om terug te keren naar hun normale leventje, waar alles appeltje-eitje is. Ik denk dat het met jou anders zal lopen. Jij bent geboren voor deze sport. Je benen, je armen, een goed hoofd. Ik voel dat het klopt. De tijd die je hier doorbrengt is je leertijd. Op een dag zul je kunnen oogsten. Maar die dag is nog niet aangebroken. Dit is je wachttijd. Durf te wachten.'

Amir dronk water, haalde de windsels van zijn handen en pakte zijn tas in. Hij kon niet meer. Voordat hij de club verliet gaf hij Ton een hand om hem te bedanken voor het geloof dat hij in hem had gesteld. De aandacht die hij had gekregen. Maar dit kon niet.

'Het was het proberen waard. Succes met alles,' zei Ton.

Op weg naar huis overwoog Amir de windsels weg te gooien. Het maakte toch niks meer uit. Hij was weg.

Een dag later werd hij wakker, keek naar buiten. Het regende, en het leek of de wereld een grijs scherm was. Toen hij later die week buiten liep, leek hij overal Ton te zien. Ton in de rij in de supermarkt. Ton wachtend op de tram. Ton die aan een voorbijganger vertelde welke vechthouding hij moest aannemen.

Een week later was hij terug in de boksschool. Voorgoed.

7

Zijn eerste echte gevecht deed pijn. Natuurlijk zou het pijn doen. Maar dit was pijn die zijn rechtvaardigheidsgevoel aantastte. Waar had hij die stoot aan verdiend? Hij voelde aan zijn kin, waar hij was geraakt. Waarom was hij niet beter dan hij was? Waar bleven die snelheid, kracht en souplesse waar hij zo op trainde? Waarom liet zijn lichaam hem in de steek, het was toch van hem, en niet van een of andere djinn die ermee kon doen wat hij wilde?

Hij stond in de ring, met niet meer dan een short aan en op blote voeten, in de lodderige ogen van een jongeman te kijken die twee koppen groter was dan hij. Die jongen had een bijnaam: Pino. Het was Amirs achtste, misschien negende training sinds zijn terugkomst in de boksschool.

De ring was exclusief voor de gevorderde boksers, die zich aan het einde van de training opmaakten voor een paar uitputtende sparringronden. Na afloop van zijn training bleef hij altijd om hun trucjes en bewegingen af te kijken. Dus dat hij onder de touwen door mocht om zijn kunstje te laten zien, betekende echt wel iets. Het betekende dat je lang genoeg had getraind om je eerste officiële afstraffing te krijgen.

Pino was er weinig geweest de afgelopen maanden, dus er zat heel wat energie in hem, die hij kwijt moest op Amir. Hij

had een verzameling stoten en low kicks in huis die er hoognodig uit moesten. Geen beter antwoord wist Amir te verzinnen dan zijn dekking hoog houden, blijven bewegen en
incasseren waar het moest, tot het moment zou komen dat
Pino van vermoeidheid niet anders kon dan gas terugnemen
of zo onder de indruk raakte van zijn eigen aanvalskracht dat
hij zichzelf ging overschatten en zijn dekking verwaarloos-
de, wat ruimte zou bieden aan een listig tegenaanvalletje.
Maar zover was het nog lang niet met Pino, die was zich echt
aan het uitleven op Amir.

Toch voelde Amir dat hij hem kon hebben. Het was meer
dan een gevoel, het was een zekerheid. Vechten was door
middel van je techniek de techniek van de ander ondermij-
nen. Hem dwarszitten en hem geen kans geven om kansen te
ontplooien. Boksen was de ander niet laten boksen. Amir
zag dat de jongen een zwakte had, hij rook het, en hij zou
volhouden tot hij wist waar.

Elke keer dat Pino kwam werden de stoten harder, maar ze
werden niet effectiever. Het kon ook niet anders: na zoveel
geweld ging de scherpte er wel af. Het gaf Amir de kans om
zelf ook wat initiatief te nemen. Weinig op de maagstreek,
zoveel mogelijk op het hoofd, wat uitputtend was, maar dat
kon Pino niet schelen. Die was gekomen om te vechten, daar
betaalde hij zijn contributiecentjes voor, hij wilde waar voor
zijn geld. Amir had het moeilijk tegen de kanonnades; hij
moest achteruitlopen, duiken, zoveel mogelijk duiken, om
de barrage van klappen te ontwijken, en net wanneer hij
dacht: nu is het mijn beurt om eens wat te doen, kwam zijn
tegenstander weer met zijn hamergeweld. Amir verlangde
naar een momentje rust waarin hij voor zichzelf op een rijtje
kon zetten wat het slimste was om te doen tegen deze wilde-

bras. Wat heeft deze jongen gegeten, dacht Amir, en wat belangrijker was: hoe kon hij hem afstraffen? Toen kreeg hij die klap te verwerken, een opstoot op zijn kin. Alsof er iemand keihard een bel indrukte om hem wakker te schudden.

'Gaat het?' riep zijn tegenstander, een beetje verrast door zijn eigen stootkracht.

Amir wilde in een reflex zeggen dat hij zich moest bemoeien met zijn eigen zaken. 'Het gaat wel,' zei hij, zo koel mogelijk. 'Laten we verdergaan.'

Hij wilde rechtzetten wat hem was aangedaan. Met gelijke munt terugbetalen. De bakens keren. Uit zijn loopgraaf komen. Heel wat rare zinnetjes dwarrelden door zijn hoofd, kwam natuurlijk door die klap.

En toen. Een stoot. Kort. Krachtig. Effectief. Op zijn kin. Pino was uitgeteld. Pino zag sterretjes. Pino verlangde naar Sesamstraat.

'Wat,' siste Pino, en hij greep naar zijn voorhoofd. Je bent geraakt, Pino, zei Amir tegen zichzelf, je bent geraakt door iemand die geduldiger was dan jij, sneller dan jij, slimmer dan jij. Je kan naar huis. Je hebt je meester gevonden.

'Goed gedaan,' riep de tegenstander, terwijl hij zijn bokshandschoenen afwierp. Amir bleef alleen achter in de ring. Had iemand dit gezien? Hij stak zijn handen in de lucht. Een soort van morele winnaar was hij toch wel?

Hij had het overleefd, dat was het minste wat hij kon zeggen. Hij had zichzelf staande gehouden. Alleen wist hij niet meer hoe hij dat gedaan. De twee minuten waren voorbijgegaan in een roes, een looping waar geen einde aan kwam. Intense duizeligheid.

Boksen is een uitputtingsslag – een aanslag op de zenuwen, de spieren, het coördinatievermogen en de geest. Alles gaat de grote verslinder in. Wat boksers vaak ervaren is dat de geest, lang nadat het lichaam het heeft opgegeven, nog altijd bezig is te proberen het onderste uit de kan te halen. De dag dat je geest sterker is dan je lichaam vergeet je nooit meer. Dit was zo'n dag. Pino richting kleedkamer verdwenen, overal glimmende en glanzende bekers en een verdomde kramp in beide armen. Teleurstelling overspoelde hem. Waardeloos tijdverdrijf, waar hij sinds hij in deze boksschool was gaan trainen mee bezig was. Tijd die hij kon stoppen in huiswerk, een vriendinnetje zoeken, internetten, met zijn broers praten – en wat deed hij? Een beetje de vechtsporter uithangen. Zweten. Uitgeknepen worden. Nadruppelen. Dus zo zag triestheid eruit.

Hij had, uithijgend in de ring, de handschoenen al uitgetrokken toen Ton, die het gevecht van een afstandje had gadegeslagen en naarmate de intensiteit van het gevecht toenam meer oog kreeg voor de snelle, grillige bewegingen van Amir, bewegingen die eerder een ritmisch patroon leken te vormen dan rechtstreeks gericht waren op de tegenstander, naar hem toe kwam en over de touwen leunde. Hij pakte Amir bij zijn hoofd, draaide het naar zich toe en fluisterde in zijn oor: 'Je hebt talent. Maar je moet voortaan op tijd komen. Anders kan ik niks met je. Wie te laat komt op de training, komt ook te laat in het gevecht. Voor de rest doe je alles goed. Warming-up. Op de zak. Sparren. Ik zie iemand die vooruit wil. Alleen dat te laat komen, daar moet je wat aan doen.'

Amir wurmde zich door de touwen en liep naar het raam. Buiten had de winter bezit genomen van de bomen, de daken. Hij liet de beloftevolle woorden van zijn trainer in zijn opwinding wegzakken. De woorden maakten hem hitsig; hij wilde teruggaan om weer te vechten, meer complimenten af te dwingen. Het respect dat in het serieus genomen worden zat, was cool. Hij werd hier niet gezien om hoe hij eruitzag, maar om wat hij deed. De donker glinsterende rivier was een soep waar eenden hun leeftocht uit oplepelden. Hij keek naar buiten en dacht dat hij naar zichzelf keek. Voor het eerst had hij het gevoel dat de stad van hem was, een gevoel dat hem nooit meer zou loslaten.

'Ik heb talent.' Drie woorden. Rupsje Nooitgenoeg.

8

In de lastige positie waarin hij moest zitten kreeg Amir last van kramp. De anderen leken er geen moeite mee te hebben, niet omdat ze kleiner en slanker waren maar omdat ze zich eraan hadden overgegeven. Er was geen andere positie mogelijk. Dat lag voor hem anders. Zijn lichaam was opgebouwd in het Westen. Een levenslang dieet van volle melk, belegen kaas en om de dag drie eieren had hem reusachtig gemaakt. Hij paste met zijn atletische, door trainen en vechten en eten en slapen uitgegroeide lichaam nauwelijks in deze oude Mercedes.

De laatste auto waarin hij had gezeten was een Bentley. Fijne wagen. Die stond nu in de garage stof te vergaren. Niks fijner dan na een lekker primitieve training de Bentley in te glijden om dan langzaam, langzaam naar huis te zweven. Jammer alleen dat hij best vaak werd aangehouden als hij door Amsterdam-Oost reed, wanneer hij zijn ouders opzocht. Plichtmatig opende hij dan de bagagebak. Liet zich zelfs fouilleren terwijl de buurtkinderen stoïcijns stonden toe te kijken; sommigen floten naar de politie als teken van afkeuring. Gelijk hadden ze. Het voelde als een vernedering. De held en miljonair die in zijn eigen wijk een lesje werd geleerd. Wilden ze hem het gevoel geven dat hij waar hij ook naartoe ging toch gewoon die kansloze bleef? Denk niet dat je beschermd door je rijkdom en succes meer bent geworden dan het gajes in deze buurt. Dat gezicht heb je en zal je altijd houden. Gelaten onderging hij het gepluk aan zijn lichaam, onverschillig observeerde hij het geblader door zijn papieren, met een kwinkslag nam hij afscheid van de petten. In de ring had hij zelfbeheersing geleerd, en als de situatie daarom vroeg zou hij zelfbeheersing in praktijk brengen.

In het statige, rijke Zuid hoefde hij nooit te stoppen. Dat was, toen hij zes jaar geleden na zijn winst in een groot toernooi in Japan met zijn eerste miljoen thuiskwam en besloot een huis te kopen, de doorslaggevende reden geweest om daar neer te strijken. Wat hij zich herinnerde van de eindeloze zomerse wandelingen die hij tijdens zijn jeugd door Oud-Zuid maakte – wandelingen om de verveling mee te verdrijven – was de leegheid van die buurt. Alsof de huizen bewoond waren door onzichtbare mensen, die zich alleen bij zeldzame gelegenheden lieten zien. Plotseling viel achter zijn rug een deur dicht, stapte men een auto in of liep iemand een straat uit. Een wat oudere, grijzige dame, een familie (altijd samengesteld uit moeder, vader, twee kinderen, hond en hockeysticks) of een lange, tanige heer met een donkere hoed op. Voordat hij hun gezichten in zich kon opnemen waren ze al verdwenen. De geheimzinnigheid werd tegenwoordig weggedrukt door de zelfbewuste aanwezigheid van de nieuwe rijken. Zij wilden niet onzichtbaar zijn, ze wilden gezien worden, en als ze even niet in hoogsteigen persoon hun succes konden vertegenwoordigen, dan moesten de auto's dat maar doen. Op elke straathoek stond wel een Range Rover, een Porsche, hier en daar een Bentley, alsof het niks was. 'Ja,' had de makelaar gezegd, 'dit is echt iets van de laatste tijd. Al dat leuke speelgoed op straat. Wat vroeger een Volvo was, is nu zo'n Britse dinky toy.'

Het wond hem op. Leven in het succes en de droom der geheimzinnigen dromen. Hij had ook wat speelgoed om te laten zien. Behalve de Bentley bezat hij een Porsche Cayenne en een Audi s8 – leuke wagens om bekeuringen mee te verzamelen. In het begin had hij daarmee gereden als een gek, alsof er prijzen stonden te wachten aan het einde van de rit. Na een onverhoedse manoeuvre op de a2 waarbij hij tegen de vangrail klapte, was de ontnuchtering totaal. Fernandes had hem opgehaald en in de auto naar huis vaderlijk toegesproken, vaderlijk maar met de vinnigheid van een vriend die alles mag zeggen. Hij stelde hem een ultimatum. 'Bij het volgende ongeval trek ik mijn handen van je af. Dan zoek je maar iemand anders om je op te halen.'

In Oud-Zuid hield hij zich in. Wat hem juist zo beviel aan Oud-Zuid, was dat het er 's avonds lekker rustig was. Gewoon in trainingspak door de Koninginneweg fietsen, zonder ook maar enige aandacht te schenken aan de blikken die hem toevielen. Hij was Amir Salim, niemand die dat van hem kon afpakken.

In Marokko werd ook goed doorgejakkerd. De Mercedes Benz uit de jaren zeventig rammelde aan alle kanten, maar wellicht dat de chauffeur eraan gewend was geraakt. Of hij had een manier gevonden om het niet te horen. Je moest in deze heksenketel trucjes verzinnen om de wereld buiten te sluiten, anders werd je gek.

De chauffeur was ook model jaren zeventig, zag hij toen hij hem beter bekeek. Hij vertelde over de wegen, die hoe verder hoe slechter werden, 'in tegenstelling tot de vrouwen van deze streek. Hoe dieper je het land in gaat, hoe beter ze worden' – hij zei het zonder enige gêne. Amir kon aan de vrouw niet zien wat haar reactie was, haar lichaamshouding verried niets en ze leek geen prater. Hij zou voor iets minder textiel hebben gekozen, maar wie was hij om er een oordeel over te hebben? Hijzelf had gisteravond een vervelend mannetje buiten de ring richting het slaapwalhalla geslagen. Dit was een hardwerkende moeder die terugkwam van een bezoek aan de grote stad, zo stelde hij zich voor, net als elk mens op aarde op zoek naar een beetje geluk. De anderen negeerden haar beleefd. 's Lands wijs, 's lands eer.

Nadat het gesprek heel even verstomde en ze voor het moment met elkaar uitgepraat leken over politiek, voetbal en nog meer voetbal (het morse van de gedeelde taxi overal ter wereld dat iedereen beheerst) had de taxichauffeur, met instemming van de medepassagiers, zich op hem gestort.

'Woont u in het buitenland?'

'Amsterdam.' Er ging een lichte jubel door de taxi, Amsterdam kenden ze wel.

'Daar wil ik nog een keer naartoe. Je kan er het hele jaar door skiën.'

'Dat is Zwitserland,' zei een ander.

'En Oostenrijk,' zei de vrouw in het zwart.

'Hoe weet u dat?' vroeg de taxichauffeur.

'Ik heb een neef die in Oostenrijk woont. Hij doet het met zijn hele familie elk jaar. Skiën heeft hij in Marokko geleerd, dus dat kwam goed uit toen hij daar ging wonen met zijn Oostenrijkse vrouw.' Nee maar, de vrouw had tekst.

'Is het niet zo dat je Oostenrijk alleen maar in komt als je kan skiën?' zei de taxichauffeur. Gelach alom.

'In Amsterdam kan het ook.' Uit de losse wijze waarop het

woord werd gebruikt maakte hij op dat de hoofdstad minstens voor heel Nederland stond.

'Kunt u skiën?'

Toen hij nee zei, viel het stil. De energie was eruit en door zijn botte weigering om te skiën moest het gesprek weer helemaal van voor af aan beginnen.

De geheel bedekte vrouw draaide zich naar hem om: 'God vergeve u dat u niet kan skiën; ik kan het ook niet en zie, ik ben toch heel aardig terechtgekomen. Allah zal wel heel goede bedoelingen hebben gehad om u niet het talent van mijn neef te geven. Iedereen zijn talent.'

Er werd instemmend geknikt. Het gesprek was weer op de rails gebracht.

'Ja, dat is waar, dat u niet kan skiën is geen vloek. Dat kan de beste overkomen.'

'Wij denken altijd dat die Marokkanen in de diaspora of heel stom zijn, of juist heel intelligent. Maar we ontdekken dat er ook iets tussenin zit. Op het gewone af', en ze keken naar hem. Hij was gewoon. Ja, ja.

'Het zijn net mensen,' zei zijn buurman. Hij lachte naar hem en toch had Amir het gevoel dat het niet helemaal oprecht was. Hij voelde zich bekeken met een blik waar een oordeel in zat. Geen groot oordeel, maar toch groot genoeg om hem te prikken.

'Hoe kan het toch dat iemand uit Amsterdam een dorp kent dat wij in Marokko niet eens kennen.'

'Hollanders weten veel meer dan je denkt,' zei de chauffeur.

'Dat komt door het internet,' zei iemand.

'Dat komt door de Hollandse scholing; daarom zijn ze in staat om al die raketten en computers te maken.'

'Ik denk dat jullie gewoon heel goede atlassen hebben,' zei de chauffeur, en daarmee was die kous af.

'Heb je zaken in Stisj 'N Tizi? Ga je investeren in een bouwproject? Heb je daar familie?'

'Nee. Helaas niet.' Dat laatste was een beleefdheidsformule, wist hij, om te laten zien dat hij de bewoners van Stisj 'N Tizi geen slecht hart toedroeg.

'Maar wat brengt je dan naar, met alle respect, een gat waar je geen familie hebt?'

'Ik ben reisleider.'

'Van Nederlandse toeristen?'

'Spreek je hun taal?'

'Ja.'

'Je bent erg groot voor een reisleider.'

'Meestal zijn het niet-Marokkanen die de christenen rondleiden.'

'Wist je dat onder de oude sultan christenen dit land helemaal niet binnen mochten komen?' zei zijn buurman. 'Dat waren nog eens tijden. Nu komt het maar binnen. We hebben de deuren wijd opengegooid voor de buitenlanders. Pimpelpaars, wit als melkflessen en geel als kaas, alles mag maar naar binnen komen.' Ook Marokko had zijn vreemdelingenproblematiek. 'En wanneer die toeristen iets mooi vinden dan krijgt het aanzien, dan wordt het gerenoveerd en onderhouden.'

'En waar zijn die Nederlandse toeristen?' vroeg de eerste weer.

'In Stisj 'N Tizi.'

En toen viel het eindelijk stil. Gesprek om zeep geholpen.

9

Het was uit de hand gelopen, dat stoeien met de klasgenoten.
Een provocatie hier, een plagerij daar. Een pets hier, een pets
daar. En toen een keer gericht geslagen. Vol op de neus. Amir
had geen kwaad in de zin. En toen had hij zelf zijn eerste
echte klap te pakken. Ze waren eigenlijk een beetje bang
voor hem, hij was toch wat langer, groter dan de rest en er
zat een snelle intuïtie in hem, zodat je nooit precies wist wat
hij ging doen of zeggen. Of, zoals het in docententaal stond
opgeschreven in zijn najaarsrapport: 'het zelfbewustzijn
barst zowat uit zijn voegen', een zin die Amir las maar niet
begreep, precies zoals het bedoeld was. Wanneer opvoeders
over hem begonnen te praten deden ze dat in een mysterieuze taal, alsof er een toverspreuk over hem werd uitgesproken. Het had geen zin om ernaar te luisteren want het was
niet de bedoeling dat hij het zou horen.

Hij kreeg de klap van Thomas, die hem helemaal niet wilde klappen, zei hij later schijnheilig tegen de mentor. Dat
rijkeluisvarken kwam overal mee weg. Iedereen had een hekel aan hem, niemand die hem dat hardop durfde te zeggen
omdat ze allemaal toch hoopten dat ze zouden worden uitgenodigd op zijn verjaardag. Ze waren als de dood voor zijn
hysterische moeder die met armen helikopterend de docen-

ten intimideerde. Meteen na het raken wist hij dat hij natuurlijk de schuld zou krijgen. Eigen schuld dikke bult.

Toen de leraar Nederlands hem aan het begin van zijn
brugklasjaar had gevraagd wat zijn favoriete boek was, had
hij gezegd: '*Rupsje Nooitgenoeg.*' Was hij een keer oprecht,
gebeurde er het tegenovergestelde van wat hij zocht: hij werd
bespot. De hele klas barstte in lachen uit, zelfs de lelijke
meisjes die te verlegen waren om te piepen lachten mee. Hij
kon precies alle beugels tellen, en zien wie zijn tanden niet
poetste. Echt een kaskraker, deze opmerking. Daarna kon
hij geen klaslokaal passeren of hij zag de smalende blikken:
grote, sterke Amir hield van *Rupsje Nooitgenoeg*!

Wist hij veel. Het was maar een boek. Zijn oudere broers
hadden er nooit om gelachen. En toen hij Thomas sloeg, was
dat niet om Thomas pijn te doen, maar om het lachen te
doen verstommen. Gaat je natuurlijk niet lukken, het lachen
verstomt nooit.

En toen naar huis met die blauwe plek, die straks iedereen
zou zien. Het ding leek wel kilo's te wegen, zo zat hij hem in
de weg.

Zijn moeder had hem opgelapt met een doekje en wat
spuug. Je werd altijd opgepoetst door je moeder. Ze zei of
vroeg verder niets, dat wist hij wel: ze vond dat het niet in
haar macht lag om er iets van te zeggen. Ze had vaker haar
zonen behandeld voor kleine schaafwonden, ijs op blauwe
plekken gelegd, een knie zacht gemasseerd – ze was een
soort ziekenhuisambulance, overuren werden niet betaald –
maar dit ging verder. Dit was ernstig. Waarom dit zo anders
was dan anders begreep ze niet en toch voelde ze het goed
aan. Dit was een klap die hij had uitgelokt om een einde te
maken aan het roepen van: 'Rupsje, Rupsje!'

Een dag of twee later zag zijn vader de blauwe plek wel en uit pure woede gaf hij hem er een klap bij.

'Houd er toch eens mee op,' zei zijn vader. Hij smeet hem in een hoek en voegde eraan toe: 'Met klappen incasseren.'

Ze verwensten hun ouweheer; waar die man uithing wisten ze maar half. Wat wel duidelijk werd, was dat hij het laat maakte en het erg naar zijn zin had. De grimmigheid waarmee hij binnenkwam was slechts een hypocriet schaamlapje om de nar in hem mee te bedekken.

'Wat is er aan de hand?' vroegen zijn grote broers.

'Hij heeft ervanlangs gekregen,' zei zijn moeder.

'Waarom?'

'Dat wil hij niet zeggen.'

Ja dag, hij ging zijn broers toch niet zeggen dat het door *Rupsje Nooitgenoeg* kwam. Dat stomme boek, had hij het maar nooit ontdekt. Had hij er maar niet mee te koop gelopen. Flapuit die hij was. Nog minder breincellen dan een krab.

Naar aanleiding van de schermutseling met Thomas ging er van school een briefje mee met Amir waarin melding werd gemaakt van de onverkwikkelijke gang van zaken, mede veroorzaakt door het gedrag van hun zoon; of de ouders of een van de ouders zo vriendelijk wilden zijn contact op te nemen met ondergetekende, de mentor van de wildebras, voor een kort telefonisch overleg of, als dat schikte, een aardig bezoekje aan de school, waar onder een kopje koffie of thee de zaak eenvoudig uitgelegd kon worden.

Van het briefje en zijn implicaties bleven zijn ouders onwetend. Amir hield het briefje in zijn zak, maakte er een propje van dat hij op een geschikt moment richting prullenbak verwees. Het had toch geen zin om met die briefjes te gaan staan wapperen. Zijn vader las ze niet, hij raakte er niet uit wijs. Hij nam de zaak alleen serieus als die via de broers tot hem kwam. Zo niet dan bleef hij liever met het kussen in zijn armen geklemd prinsheerlijk liggen op de bank. Zijn moeder kon ze niet lezen. Bij de alfabetiseringscursus was ze niet verder dan de C gekomen, daarna had ze het potloodje erbij neergegooid. Toen ze weer terug wilde naar het buurthuis omdat ze zich thuis verveelde en geïnteresseerd raakte in de ondertitels op televisie, had ze te horen gekregen dat de subsidie voor de taallessen was stopgezet.

'U moet het thuis maar leren; misschien kunnen uw kinderen helpen?' had een vrouw daar gezegd. Maar als ze thuiskwam zag ze de dochters met koptelefoons op over de boeken gebogen zitten; de broers waren in geen velden of wegen te bekennen. Ook Amir hielp haar niet. Om de verveling wat te stillen, want zelfs in een huishouden waarin zoveel gedaan moet worden slaat die plaaggeest toe, luisterde ze op de wereldontvanger naar een Marokkaans praatprogramma, waar huisvrouwen naartoe belden om plaatjes aan te vragen. Dat waren de mooiste momenten, wanneer ze in de keuken gezeten, met de handen op haar wit gespikkelde bruine schort, gehypnotiseerd door de radiogolven, wegdreef op het aangevraagde liedje; dan bloeide de stilte als een roos voor zijn ogen op. Die vaak wel wat sentimentele, zoete muziek leek er te zijn om de stilte te accentueren. Het was voor hem als opgroeiende puber heel moeilijk om er weerstand aan te bieden, helemaal omdat zijn moeder altijd van ergens uit haar zakken een aangebroken reep hazelnootchocolade pakte, die ze dan samen met hem verorberde. 'Niks zeggen tegen je broers of zussen. Die zullen het maar raar vinden.'

Hij zei niets. Hij zou haar ook niet vertellen dat hij had genoten van de klappen die hij Thomas had gegeven. Dat op het moment dat zijn vuist de neus raakte het leven met hem meedanste, bijna net zo mooi als de muziekgolven. Hij moest voor haar gewoon die aardige, zachte jongen blijven.

Amir had het briefje wel gelezen, onderweg naar huis. Allemaal dure woordjes om hem in te wrijven dat zijn status was gepromoveerd tot probleemgeval en dat ze vanaf nu de rest van zijn leven achter hem aan zouden zitten. Lullen waren het. 'Aanwezigheid gewenst'. Natuurlijk was dat iets waar ze reikhalzend naar uitzagen: om in gesprek te gaan met zijn ouders, die nog geen drie zinnen achter elkaar konden zeggen. Waarna ze zouden uitblinken in de luisterende houding – en om het af te maken zouden ze hem brandmerken met meer van die dure woorden waar zelfs het Hollandse woordenboek nog geen plek voor had.

Dus toen er nog een briefje kwam, tekende hij het uiteindelijk zelf met de handtekening van zijn vader, zo makkelijk te vervalsen was die niet, zo kinderlijk, onzeker – daarbij hadden ze de handtekening van zijn vader nog nooit gezien op school, dus ze geloofden het wel.

Die avond plaste hij opnieuw in bed.

10

'Hoe groot is Marokko eigenlijk?' was het eerste wat Amir zei toen hij uit zijn slaap ontwaakte. Hij had gedroomd over de aardrijkskundeles uit zijn kindertijd. Kijken naar een kaart en die in het hoofd stampen. Want als je alle landen in je hoofd had, hoefde je niet bang te zijn ooit nog de weg kwijt te raken. De hoofdstad van Marokko. De hoofdstad van Egypte. De hoofdstad van Zuid-Afrika. Hij reisde in de tijd, hij reisde in de herinnering. In zo'n hitte viel weinig anders te doen dan rond te kolken in je geheugen. Wat vroeger was gebeurd, leek veel dichter onder de huid te zitten dan wat gisteren had plaatsgevonden. Als hij wat dieper probeerde te graven in de gebeurtenissen van de afgelopen tijd, dan herinnerde hij zich nog steeds weinig.

Maar net op het moment dat hij het ophalen van de voorbije dagen wilde opgeven, kwam als een duveltje-uit-een-doosje Chanel tevoorschijn met wijd open ogen, haar dat in brand leek te staan, zo fel scheen het, zo hoog stak het op, alsof de westenwind erdoorheen blies – en voordat hij het wist, rolden de tranen over zijn wangen, dikke, warme tranen die zich een weg zochten naar zijn hals, onder zijn overhemd, waar ze hun einde vonden. Met pijn en moeite onderdrukte hij de drang om het uit te schreeuwen; om het dak van de Mercedes open te beuken, om alle brandende pijn en stinkende woede, dat karkas waar hoon en spot op tierden, hun congé te geven en zichzelf zo te bevrijden van het chagrijn. Hij was Amir Salim, voorbeschikt grootse daden te verrichten en niet op deze jonge leeftijd als een soort stervende leeuw te creperen, ver van zijn familie, geliefde, vrienden. Nooit vergeten: je familie is alles. Waar jij bent, is je familie. Langzaam kreeg hij weer grip op zichzelf. Het gif kolkte nog door zijn lichaam. In zo'n situatie had het ook geen zin om aan de toekomst te denken. Zoals zijn oudste broer het zei: 'Wie zijn verleden niet kent, kan zijn toekomst wel vergeten.' Hij moest zich eerst zijn verleden weer herinneren. En Gina thuisbrengen. Werd hij toch nog een goeierik.

Hij dommelde weg, schoot weer wakker. De Mercedes joeg voort over een plateau van warme lucht. Half versuft keek hij naar buiten, een rare metaalachtige smaak in zijn mond, veroorzaakt door die hete, brandende lucht. Drie vliegen probeerden weg te komen. Stakkers. Hij schoof zijn raam naar beneden. Wat hij zag was niets dan droge gele vlakte, een woestijnlandschap. Goede plek om een cowboyfilm op te nemen over een wraakzuchtige *loner* die de moordenaars van zijn vrouw uit de weg gaat ruimen. Geen toeristische attractie in de wijde omtrek te bekennen. Maar wat wist hij ervan? Leuk voor een dagtrip. Hij vermeed woestijnen en oases. Marokko betekende voor hem vooral de stad, en dan het liefst Marrakech, waar je goed kon uitgaan. Als hij zich terug wilde trekken dan snelde hij naar Assilah, waar de familieroots lagen en iedereen iedereen kende. Niemand die daar een boodschap had aan zijn geld, succes en roem. Het ging er zijn gangetje.

Tussen die twee Marokko's, het Marokko van de overdaad en de luxe en het Marokko van de familie en de simpele levensgang, was er niets. Het Marokko dat werd ingevuld door backpackers, sandalendragers en bergwandelaars kende hij niet.

'Daar ligt Stisj 'N Tizi,' wees de taxichauffeur met een vinger die zo vaak een sigaret had vastgehouden dat die door de nicotineaanslag zelf op een sigaret was gaan lijken. Amir keek, maar zag weinig in de kale, onbestemde verte, op een paar miezerige struiken na. De taxi was leeg. Hij was onderuitgezakt, het lichaam had gebruikgemaakt van de vrijgekomen ruimte. Zijn medepassagiers waren onderweg al uitgestapt. De middag was sluipenderwijs naderbij gekomen en had Amir nu stevig beet met zijn hitte, schraalheid en verblindende zon. Hij viel weer terug in de achterbank. Hier kon het toch niet zijn. Als de taxichauffeur een grapje maakte dan moest hij dat maar snel zeggen, dan kon hij verder slapen.

Maar de man meende het. 'Meneer uit Amsterdam, die kant op,' wees zijn vinger naar de vlakte. 'De mensen hier zijn niet gewend aan vreemdelingen, dus ze zullen u meer dan gastvrij onthalen. De laatste keer dat ik iemand aan deze kant van de weg oppikte was tien jaar geleden. Hij stond op het punt om naar de grote stad te gaan.'

'Waar gaat u naartoe?'

'Vanavond hoop ik aan te komen in Errachidia, daar kan je lekker lamsvlees eten.'

'Dank voor de hulp', en toen het woord 'hulp' was gevallen, leek de man iets te binnen te schieten. Hij stapte uit, ging naar de achterbak en haalde er een samengebald vod uit.

'Wat ik u had gezegd, een boernoes. Die beschermt tegen

de kou en tegen de hitte. Gooi die om. Dat zal ervoor zorgen dat u wat minder opvalt. Dat heeft u hier nodig. Voorkomt onnodige vragen. Roep geen pottenkijkers over je af.'

Hij gooide hem het kledingstuk toe en stapte zijn wagen weer in. Amir ontdeed zich van zijn overhemd en lange broek en hulde zich in de boernoes.

'Nu begint het ergens op te lijken,' riep de taxichauffeur goedkeurend.

Tijd om afscheid te nemen van de jaren zeventig en hallo te zeggen tegen het landschap van de prehistorie, waar de aanwezigheid van de mensheid niet echt op prijs leek te worden gesteld.

De chauffeur, die hem nakeek, wuifde krachtig met zijn hand dat hij vooral moest doorlopen. 'Doorlopen, zoon, anders kom je nooit aan.' Heel langzaam reed hij de weg weer op en gaf pas voluit gas toen hij Amir in beweging zag komen.

Hierin zat het meegevoel dat de man had voor Amir. Zijn camouflage begon te werken: in plaats van hem te vrezen begonnen de mensen medelijden met hem te krijgen.

Tot ziens, Amir; welkom, Yassin!

Toen was hij alleen. Het was lang geleden dat hij zo alleen was. In de arena was je alleen, ja, maar omringd door duizenden die elke beweging die je maakte in zich opnamen. Deze eenzaamheid had hij nooit eerder gevoeld.

II

Door naar huis terug te lopen na de training kwam hij op adem. De sporttas op de rug. De Indische buurt lag aan zijn voeten. Hier en daar zag hij bekenden, een knikje volstond als begroeting. Wagens claxonneerden. Door de Javastraat, waarvan hij nog steeds niet begreep waarom er vijf shoarmazaken achter elkaar waren en waar hij van die mannen zag met plukbaardjes in hun eeuwenoude Moorse gewaden, die zo, hun lichaam een stok waar de ziel mee voortsjokte, in rondjes terugliepen naar Marrakech. Surinamers met Parbobier in de hand achter het glas van hun café waar alleen zij kwamen die achteloos een flesje Parbobier vasthielden. Geen drank voor hem, niet alleen haram, ook ongezond. Je werd er niet scherp van, het kiertje ging open naar de duivel. Diep in- en uitademen, terwijl hij liep, want hij wilde genieten van de vermoeidheid die hij voelde. Uitputting gaf hem een gevoel van vrijheid. Het leek wel of hij kon vliegen. De straat uit, de hoeken om, over de tramrails, door het park en zo kwam hij vanzelf thuis. Aanbellen, er werd opengedaan, door het portiek waar alweer een raam was ingeslagen – wie had dat gedaan, hoe haalden ze het in hun hoofd – over de betonnen, kale trap richting de voordeur. Een sticker op de deur: *Welkom in het huis van Vrede.*

Hij gooide zijn sporttas op de bank, dook de badkamer in om zich te douchen – op de club deed hij dat nooit, naaktheid deed hem zich kwetsbaar voelen – en nam plaats op de bank waar zijn broers al tv zaten te kijken. Het kon van alles zijn, ze hadden weinig voorkeur. Als het maar interessant was. Dus geen soaps, want die vonden ze niet interessant, en ook geen programma's waar *zegmah* de islam middels stereotyperingen en ondersteund door sinistere tweederangs klassieke muziek over de hekel werd gehaald. Als het kon, keken ze naar cricket. Zijn broers waren dol op cricket; de juiste dosis traagheid, felheid en onbegrijpelijkheid, want wie begreep het spelletje nou helemaal van a tot z? Cricket keken ze op een kanaal dat ze via een sluwe versleuteling op het kastje van de schotelservice binnen hadden gehaald. 'Sky Sports, gratis en voor niks.' Het leven draaide om dingen waar je voor moest betalen gratis te maken. Dat ze het niet helemaal konden volgen, zat het genieten niet in de weg.

Hij ging stilletjes naast zijn broers zitten. 'Dag' of 'hallo' zeggen hoefde echt niet, dat was voor vreemden. Broers onder elkaar begroetten elkaar niet. Je ging toch niet bij elkaar solliciteren?

Op zaterdagavond keken ze naar het boksen op Eurosport. Voor die wedstrijden gingen ze lang en breed op de speciaal daarvoor gemaakte Marokkaanse banken zitten. Geen been zo lang of je kon het wel kwijt op zo'n bank met zijn overdadige, goudkleurige stoffen en rare kwastjes die er als tierelantijn aan vastzaten. Het licht ging dan uit in de kamer zodat de klappen die van de beeldbuis af spatten extra helder binnenkwamen. Volume ging natuurlijk flink omhoog zodat ze goed konden horen wat de coaches die de kickboksers terzijde stonden er allemaal uit briesten tijdens het gevecht. De kamer een arena. Blikjes Red Bull op tafel, hoeveel hij er op zo'n avond wegtikte kon hij zich niet heugen. Ze wanneer uitgedronken in elkaar deuken, achteloos op tafel laten glijden, behoorde tot de hoogtepuntjes van de avond. Zijn broers die zich elk op hun manier, van jolig tot dood-serieus, op het gevecht wierpen. Vanaf de bank coachten ze de boksers. Yassir kwam altijd op voor de underdog, de twee andere broers lieten het afhangen van de kop van de bokser. Hoe lelijker de bokser, hoe hartstochtelijker ze voor hem wa-ren. Kamal had een voorliefde voor bonkige, kleine vechters uit corrupte Oost-Europese landen. Soms stonden twee broers op om de stoten die ze hadden gezien na te doen. Geen van drieën hadden ze op boksen gezeten, maar daar ging het niet om. Op die zaterdagavonden leerde Amir kij-ken naar het boksen en er meer in te zien dan twee mannen die elkaar lens sloegen. Stoten en slagen werden geanaly-seerd en na afloop werd er lang nagepraat. En wanneer het gevecht heel goed was en de Red Bull hem naar het hoofd steeg, sprong kameraad Amir van de bank om onder toejui-ching en spotternij van zijn broers te schaduwboksen, zo intens en met zoveel overgave dat de volgende ochtend, wan-neer zijn zussen de woonkamer in kwamen om een ochtend-vroege politiek correcte documentaire te kijken op het eerste net, ze zijn neergedaalde zweetlucht nog konden ruiken.

Wanneer Amir naar een van zijn broers keek, ook toen hij nog kleiner was, meende hij soms zichzelf te zien in een iets groter formaat; hij was de s-maat, terwijl de anderen al M of L of zelfs X L waren. Het ging er natuurlijk niet om dat ze op elkaar leken qua opleidingsniveau of dromen die ze koester-den of politieke keuze; als Amir daarin geïnteresseerd was, dan in zeer beperkte mate. Niets overtrof de trots en het respect die hij voor zijn broers had en soms, om te voelen welke achting hij voor ze voelde, stelde hij zich voor hoe de wereld eruit zou zien als ze er niet waren. De eenzaamheid die hij dan voelde, bezorgde hem koude rillingen. Hij kreeg kippenvel en voelde zich zwaar worden – een gevoel dat zich alleen bij deze gedachte manifesteerde. Zoveel hield hij van zijn broers Yassir, Kamal en Yassin. Waar ze gingen wilde hij ook gaan en zoals ze met elkaar spraken, probeerde hij dat ook, ook wanneer het belachelijk klonk.

'Word maar snel groot,' zeiden ze, 'dan kan je nog net op tijd onze kleding dragen voordat die helemaal uit de mode is.'

'Nee, man,' riep Yassin dan verontwaardigd uit, 'die Zeemannetjes van jou worden later veel waard. Het is vintage-spul!'

Waar andere kinderen zouden hebben gelachen of boos zijn geworden om deze plagerij, nam Amir het serieus. Ja, hij zou sneller gaan groeien om die kleding van zijn sterke, machtige broers aan te kunnen. De kramp waar de meeste jongens na hun twaalfde in schoten, met alle anatomische rariteiten die daarbij kwamen kijken, was bij hem afwezig, omdat er zoveel voorbodes van zijn groei te zien waren bij zijn oudere broers, bij wie hij allang okselhaar had gezien en haar op de benen dat welig tierde, die hem soms met zijn wang tegen hun wang aan lieten schuren zodat hij kon voelen hoe het was om schuurpapier op je gezicht te hebben. Wat hij in hen zag, zou hij worden. Toen het ook bij hem begon, was er in plaats van schrik kalme berusting, en zelfs een gevoel van geluk. De man zat eraan te komen. Een man en een vechter.

12

Het landschap voelde ergens vertrouwd aan. Een beetje zoals waar zijn vader vandaan kwam, alleen dan nog wat platter en met minder struiken. De schrale lucht, waar uitgemergelde vogels op de thermiek sliepen. Dit had hij eerder gezien. Aan die plek had hij trouwens maar weinig herinneringen – hij was er maar een paar keer geweest, en toen was hij nog klein.

Al hun verhalen ten spijt, was de familie Salim een herinneringsvernietigingsmachine. Ze had een talent om alles wat verband hield met het verleden kwijt te raken; bij elke verhuizing – en ze verhuisden wat af, van veertig naar vijftig naar zestig naar tachtig en uiteindelijk honderd vierkante meter – werden er niet zozeer dingen achtergelaten, als wel domweg vergeten mee te nemen. Niemand die erom maalde. En toen de broers en zussen op een leeftijd kwamen waarop de meeste kinderen al uitentreuren was verteld waar ze vandaan kwamen, geïllustreerd met foto's uit het familiealbum en Video 8-filmpjes, en grootouders hadden met wie ze zich verbonden konden voelen, was dit bij de familie Salim allemaal afwezig.

Soms spraken de ouders onderling over de familieleden in het dorp, de mores die daar golden, de doden die er begraven waren. Wat werden er veel mensen in het dorp begraven, allemaal familieleden waarover werd gepraat, die hij nooit zou zien – zelfs als hij hun graf wilde bezoeken, al was het maar om iets tastbaars te kunnen zien, de laatste herinnering aan een levende persoon, iemand die tot zijn grote familie behoorde, dan zou hij van geluk mogen spreken als hij een zerk aantrof met daarop een naam. In zijn dorp werden de begraafplaatsen klein gehouden door de graven minimaal op te tuigen. Geen namen, een kleine stenen verhoging, een paar stenen soms. Als hij iets wilde opsteken over die wereld dan stond hem niets anders te doen dan heel goed te luisteren naar de conversaties van zijn ouders – dat was de intercontinentale verbinding die tot zijn beschikking stond –, gesprekken die kort waren en kort bleven, overlijdensberichten waren het aan een achtergelaten wereld, soms met de franje van een beschrijving ('hij droeg een litteken op zijn wang'; 'ze had een korter rechterbeen'; 'hij had een zesde vinger') of een anekdote ('ze droeg haar kind maar zeven maanden'; 'hij was zo lang dat ze een aparte kamer moesten bouwen'; 'haar karnemelk gaf leeuwenkracht'). Het was aan hen om hun verleden dan maar te verzinnen. De paar verhalen die er waren over de plek die hun vader op de vlucht voor armoede verlaten had, waren hopeloos uitgekauwd.

Zo schaars waren de herinneringen, dat er om de paar die er waren letterlijk door de broers gevochten werd. Iedereen claimde een stuk van dat verleden te bezitten en waar nodig, om indruk te maken, werd het aangedikt totdat het genoeg substantie had om door te gaan voor de officiële familiegeschiedenis. Zo sterk werd dat verzonnen verleden, dat toen hun moeder geheel tot hun verrassing op de proppen kwam met wat oude foto's uit het dorp, ze na getoetst te zijn aan de beelden die zij ervan hadden – alles gebrouwen in de verbeelding – opzij werden geschoven als irrelevant. 'Zoals wij het dorp kennen staan er minder huizen, meer vijgenbomen en is het heuvelachtig. Die foto's kloppen niet.'

'Waar komen wij dan wel vandaan?' vroeg Amir.

'Uit een heel klein dorpje op de derde berg van links, waar de ezel driemaal daags zijn frustratie uitbalkt,' zei Yassir.

'Misschien wel, maar ik heb geen herinneringen aan Marokko,' zei Kamal. 'Wel aan Nederland. De regen. De handschoenen die ik aan kreeg. De buurvrouw die me helemaal beurs kneep.' Wat je je herinnerde, daar kwam je vandaan.

'Jij komt uit de herinnering aan Nederland,' zei Yassin.

'We komen uit Andalusië,' zei Yassir, 'maar dat is lang geleden.'

Andalusië, daar had Amir vaag van gehoord. 'Waar ligt Andalusië,' vroeg hij.

'Wat nu Zuid-Spanje is, daar stikte het vijfhonderd jaar geleden van de mocro's. Ze zijn er allemaal uit geflikkerd toen de katholieken daar aan de macht kwamen. Samen met de Joden, want die moesten ook ophoepelen van Ferdinand en Isabella. Dat waren de Koningen. Steile gasten. Je moest varkensham eten, anders mocht je je biezen pakken. Venga!'

'En waarom zouden we daar vandaan moeten komen?' vroeg Kamal.

'Ik heb het gedroomd. Mijn stamboom bestaat alleen in dromen,' zei Yassir in dodelijke ernst, en om zo'n bijzondere manier van denken bewonderde Amir hem nog meer.

Het dorpje waar ze echt vandaan kwamen, was een dorpje dat alleen bestond als je wilde dat het bestond. Het was het dorp dat door zijn vaders oudoom Amir tegen de Spanjaarden was beschermd, zei zijn vader. Hij was vernoemd, zei hij, naar die oom die hijzelf niet eens had gekend. Amir werd verteld dat hij zijn naam te danken had aan deze trotse oom die niemand over zich heen liet lopen en dus door iedereen gevreesd werd. De lokale Berbervrouwen, die in het veld stonden om het handwerk te doen, bezongen zijn naam al van verre als hij aankwam. Het was me wat als hij opstond tegen onrecht. De Spanjaarden, die toentertijd de landstreken van Noord-Marokko onveilig maakten, zouden het dorp op de derde heuvel links allang met de grond gelijkgemaakt hebben als deze heldhaftige man ze niet op afstand had gehouden, was het verhaal. Hij stond voor moed en opoffering. Op zijn muildier kwam hij manmoedig aangereden met zijn geweer in de aanslag. Het had indruk gemaakt. Het dorpje behield zijn onafhankelijkheid. Op een steenworp afstand werd een andere heuvel ingenomen, waarvandaan het Spaanse regiment hen jarenlang in de gaten zou houden. 'Het gerucht ging dat het dorp op een ertsader stond. De Spanjaarden wilden maar al te graag toegang tot die mineralenrijkdom.' Wie zei dat? Dat zei zijn vader uit een hoekje van de kamer, waar hij het slaan van de klok zat af te wachten.

Amir. Soms is een naam maar een naam. Soms is een naam iets anders. Een vloek. Een bezwering. Een oproep. Een stolsel in de tijd. Een gevangenis.

Hij ademde de droge, hete lucht in. Hij herinnerde zich dat zijn moeder hem in haar armen meedroeg naar een wit gebouw, in een voor de rest verlaten vlakte. Ze waren er met een auto naartoe gereden. Zijn vader had hun deur geopend en ze waren uitgestapt om aan de wandeling te beginnen.

Om een of andere reden mocht zijn vader niet mee, dat

zou alles maar verpesten. Hij wilde zelf lopen, maar dat mocht niet; hij moest in haar armen blijven totdat ze bij het gebouw waren. Dat vond hij wel stoer van z'n moeder, want hij was toch al een flink ventje.

Zijn moeder kreeg het steeds zwaarder, haar ademhaling werd dieper en toen ze bij het witte gebouw aangekomen waren, moest ze bijna huilen van vermoeidheid. Eigen schuld dikke bult.

Van een struik plukte ze gele blaadjes, die ze op zijn buik smeerde, toen liet ze hem de binnenruimte van het gebouw in lopen en sloot de deur achter hem. Wat licht viel door de kleine kijkgaten naar beneden. Hij had zich nog nooit zo eenzaam gevoeld. Ging ze hem hier achterlaten?

'Als ik wegga mag je niet huilen. Als je me niet hoort mag je niet om me roepen. Als je naar me toe wilt komen, moet je toch blijven zitten. Als je deze drie dingen doet, word je een man zoals er nog nooit een is gezien.' Zware woorden, die hem angst inboezemden.

'Je mag me niks vragen, anders zul je niks krijgen.'

Het bleef heel lang stil in de ruimte. Het beetje licht dat er viel leek een opening te maken naar de wereld eronder.

Toen sloeg hij op de deur om naar buiten te mogen, waar zijn moeder op hem stond te wachten. Samen liepen ze het hele eind naar de weg terug. 'Vanaf vandaag ben je een man,' zei ze.

Bij elke stap kreeg de hitte meer vat op hem. Hij moest het maar laten gebeuren. Vroeg of laat zou hij ophouden te zweten, dan zou de gewenning inzetten; bovendien moest hij zich concentreren op wat er komen ging.

'Ik ben uw reisleider,' prevelde hij in het luchtledige. 'Ik kom u redden.' Hij moest tenslotte een tekst hebben om de toeristen mee tegemoet te treden. Hoe korter, hoe beter. Woorden moesten stoten, niet schampen. Ik ben uw reisleider. Ik kom u redden. Hij besloot om van redden helpen te maken, dat redden zou de reizigers alleen maar zenuwachtig maken. Een reisleider redde niet, een reisleider hielp.

Na een uurtje stug doorlopen nam hij de tijd om wat te rusten. Hij gooide zijn tas neer en ging in de houding staan van wat hij dacht dat het de houding van een reisleider moest zijn, een beetje zoals hij zou staan in de ring, alleen zonder de armen in de vechtstand en zijn vuisten geknuist maar wijdgespreid, uitnodigend want hij had niets te verbergen, hij hoefde niemand knock-out te slaan.

Hij pakte zijn iPhone en maakte een foto van zichzelf. Met zijn stoppels en in boernoes begon hij steeds meer samen te vallen met het Marokkaanse landschap. Acteur in een decor dat hij niet zelf gekozen had.

Het geluid van de cicades snerpte door de vallei. Je wist nooit waar die stomme insecten zaten. Als kind had hij er op vakanties weleens naar gezocht als hij buiten het bereik van zijn ouders was, want die wilden niet dat hij opging in de natuur; te gevaarlijk, te eng. Cicades verborgen zich in boomstammen, onder de schors, achter blad, maar hadden de neiging om op te houden hun geluid te maken als je dichterbij kwam. Zo was hij als vechter ook. Overal dans ik om je heen, ik kom uit alle hoeken en gaten op je af, geliefde tegenstander, maar zien doe je me nooit. Net als de cicade.

Hij keek vanuit zijn nieuwe standpunt naar het landschap dat weinig met hem te schaften had en schreef met zijn voet een naam in het zand. Chanel, stond er. De naam van een vrouw die anders heette. Anne-Marie Alexandra. Een hele mondvol. Chanel bekte lekker en paste beter bij haar. Chanel

Alexandra. In de parfumwinkel kreeg hij een vleugje spray uit het flesje op een papieren strookje gespoten. Nooit eerder was hij in een parfumwinkel geweest. Of ze een geurtje hadden? Wat moest het zijn? Chic. Passend bij een Alexandra. Het wolkje parfum dat loskwam stoof in duizenden minuscule belletjes uiteen, verdampte onmiddellijk en liet alleen zijn begoochelende geur achter. Net als de liefde. Net als Anne-Marie. Chanel.

Wanneer hij Chanel observeerde tijdens haar werk, kon hij er niet tegen dat ze hem blijkbaar zo makkelijk kon vergeten. Later ging hij dat zien als haar kracht. Focus was wat de mens ver bracht. Alles kunnen vergeten om het beste van jezelf te geven in het moment zelf. Leven in het moment, dat had hij van Chanel geleerd. Niet bang zijn om op je krakkemikkige fietsje de straat uit te rijden zonder te weten waar je naartoe gaat. Openstaan voor het toeval.

'Ik heb vijftien jaar lang getraind om het toeval buiten te sluiten.'

'Controlfreak.' Op de markt had ze aardbeien en druiven gekocht, het fruit in een witte theedoek gewikkeld, en ze zaten aan de oever van de Amstel op een rustig plekje beschut tegen de wind en met uitzicht over de bocht waar de vaartuigjes langs kwamen, te eten en praten. Ze gaf hem druiven, duwde die over zijn lippen naar binnen. 'Niet de hele druif eten. Alleen de helft. Alles eerlijk delen.' Ze kirde als ze zag hoe gewillig hij toegaf aan haar bevelen. Als was in haar handen.

13

Wat een hoge vlucht nam heette ineens carrière, terwijl het voor hem neerkwam op combinaties van stoten waar uren, dagen, maanden, jaren op geoefend was. Liever niet op de zak maar op mensen; daar leerde hij het meeste van. Een zak sust je maar in slaap. Een mens als tegenstander houdt je wakker. Klappen durven vreten. Wijs voor zijn leeftijd. Ritmezoeker. Zelf het tempo bepalen waarin gestreden moet worden. En met elke stap die hij maakte, gingen de echo's die hij maakte harder klinken. 's Avonds lag hij met wijdopen ogen in bed, starend naar een denkbeeldige sterrenhemel terwijl in z'n oorschelp het lichaam fluisterde dat het sterk was, krachtig, een vriend.

'Jij zal snel te groot worden voor deze buurt,' zei Yassin toen Amir ging verhuizen. 'En weldra groter dan de stad. En straks weet de hele wereld wie je bent. Wij kunnen niks voor je betekenen.'

'Ik wil dat jullie me zien winnen.'

'Niemand van ons kan jou zien winnen, want als jij wint hebben we medelijden met de tegenstander, als jij verliest vinden we dat we gefaald hebben.'

'Dat moeder niet wil komen kijken, snap ik wel. Dat jullie niet komen kijken, snap ik niet.'

'Over twee jaar ben je achttien. En dan zul je beroemd zijn. Vroeger was je ons broertje. Je zal ons in een paar jaar voorbijstreven.'

'Waarom willen jullie me niet zien vechten?'

'Omdat we vinden dat jij het succes verdient, verplicht dat ons nog niet om getuige te zijn van je vernietiging.'

'En wat als het fout gaat? Wie zal me dan helpen?'

'Als het fout gaat, dan zal je vallen. Maar ben je eenmaal gevallen, dan helpen we je weer overeind.'

'En tot die tijd?'

'Tot die tijd sta je er alleen voor. Tot die tijd ben je beroemd. Als op een dag de schaduw over je valt, dan brengen we je weer terug in het licht.' En dat was het laatste grote gesprek dat hij met Yassin had.

Hij kreeg snel gelijk. Jongens op scooters die hem passeerden draaiden om in een flits van een seconde om hem eer te bewijzen. Dit was geen buurt waar veel woorden werden vuilgemaakt aan complimenten. Een knikje, een duim in de lucht, een lach. En de meisjes giechelden. Hij kreeg cadeaus. Vraag hem niet van wie. Mobiele telefoons te over. Stuk of vier, drie nummers. Wat hij ermee aan moest? Daar hoefde hij niet eens over na te denken. Hij was bereikbaar. Deel van de wereld. *Please*, gingen de telefoons over, neem op!

In vier jaar tijd ging hij van niets naar werkelijk alles. Van veertien tot achttien: meer dan tienduizend liter vocht verloren, honderden kilometers gemaakt, het gezicht een slagveld van vuisten. Hij voelde het niet omdat hij het te druk had met de overwinning binnen handbereik krijgen. En leren leven naar de norm, dus geen alcohol, normale uren naar bed, geen geflikflooi met meisjes. Geen afleiding. Het leven saai durven maken. Een wilde hond tam maken. Durven te leren.

Arrogant genoeg zijn om iets aan te nemen van de trainer. Nederigheid was zijn kameraad. Veel alleen trainen; daar werd hij rustig van. Dan kwamen alle lijntjes in zijn hoofd samen. Als hij thuiskwam trof hij zijn broers en zussen aan, die een eitje voor hem bakten of hielpen met huiswerk. Af en toe kwam er toch een van de broers kijken naar een wedstrijd. In het begin waren ze enthousiast over het ontluikende talent. Ze merkten op dat hij steeds beter werd en onderstreepten die observaties door te vertellen dat ze hem scherper, wijzer vonden dan voorheen. Niet alleen in het gevecht, ook in het dagelijks leven. De driftbuien verdwenen naar de achtergrond, al was het maar omdat hij het te druk had om driftig te zijn.

Het waren vier heel korte jaren geweest. Je klokje zetten, luisteren naar wat het klokje zegt, leren opstaan, tien, twintig push-ups doen, je eigen tas dragen, je kleding wassen, je eigen boterhammen smeren, op de tram wachten, rennen naar de bus en de foeteringen van Ton gelaten ondergaan om ergens in een achterafzaaltje te laten zien wat je waard bent voor een stel anonieme, observerende ogen die niets anders deden dan tellen, het aantal slagen tellen – bizarre computers waren het, die mensen, met zo weinig emotie in die ogen. Ze zaten te wachten op succes, en als het niet kwam bleven ze gewoon afwachten. Die ogen waren onverzadigbaar en bij die ogen hoorden gezichten, maar de gezichten zag hij niet. Als het gevecht voorbij was, hij gekroond, trokken zij zich terug in de schaduw waar ze woonden, sliepen, telden.

Tot de dag was gekomen dat hij de Beer knock-out sloeg. Wat er niet allemaal over de Beer werd gezegd. Dat ie het zou gaan maken, het was allemaal een kwestie van tijd. Het gevecht had één ronde geduurd. Hij voelde dat hij die Beer alleen maar zo geslagen had uit pure ergernis om die ogen, dat tellen, de kilte ervan, van die dikke mannen die zaten, stonden, keken en telden.

Voor het publiek was het een spelletje, een investering, een afleiding. Wat ze allemaal voor vuiligheid riepen om de ring om van hun vuiligheid af te komen. Hij wilde vechten, niet doden. Hij wilde winnen, niet slopen. Amir zocht rust, zij roken bloed. De tegenstander geveld draaide hij zich om naar de plukjes mensen in de zaal. In de ogen doofde het licht alweer. Het was ze nooit genoeg en wat hij voelde was angst om door de touwen te stappen, de echte wereld in. Daar waar niemand won, niemand echt verloor. Hier in de arena kwam hij thuis. Daarbuiten werd hij zwerver. Het canvas was de rode loper naar onsterfelijkheid.

Na het vellen van de Beer ging het snel. Er kwamen mensen op hem af met verzoeken, met aanbiedingen, met handen die geschud moesten worden. Achteraf herinnerde hij zich nooit meer hoe ze eruitzagen. Hij noemde ze de onzichtbaren, omdat ze inwisselbaar waren, omdat ze geen sporen achterlieten. Ze moesten niks van je, ze wilden alleen weten of jij iets voor ze kon betekenen. Al vroeg leerde hij die dunne grens tussen de boven- en onderwereld te bewandelen. Hij kon alles doen voor deze mensen. Gewoon een keer meegaan, erbij staan, een stoere blik opzetten. In ruil daarvoor zou hij een duur horloge krijgen, een mooi pak bestellen, op een leuke meid getrakteerd worden. Ook als hij daar allemaal niet in geïnteresseerd was, zou hij zeker merken dat bepaalde zaken wat sneller gingen. 'Je weet toch...' Hij wist van niks. Hij deed alsof hij dom was door een beetje onnozel te glimlachen. De glimlach redde hem. De glimlach werd het slot op de deur. In de ring glimlachte hij nooit.

Het lichaam was een tempel. In de tempel kwam alleen maar een hogepriester. Hij was de eigenaar van de tempel. Hij wilde op een dag trots kunnen huilen. En zo hield hij de menigte op afstand.

Soms werd hij uitgenodigd om mee te gaan naar een plek waar het gezellig was zodat hij kon ontspannen. Amir leerde om op tijd aan te geven wat zijn grenzen waren. Als hij meeging nam hij een van zijn broers mee, met hen als excuus kon hij op tijd vertrekken. Zijn broers vroegen nooit wie die mensen waren. Ze begrepen dat ze erbij hoorden. Zijn broers konden niet veel voor hem betekenen omdat ze niet zagen waar de kansen voor hem lagen. Ze zagen allemaal alleen maar gevaren. Het kickboksen had zijn schaduwzijde, die voor hen sterker was dan de successen die het bracht. Er was een lokale held, Anouar Taher, die het tot meervoudig wereldkampioen had geschopt. Aan die jongen refereerde iedereen en Amir keek tegen hem op. Ook een Marokkaan, ook uit Amsterdam-Oost, maar veel getalenteerder en gemener dan Amir. Yassin kende Anouar van de middelbare school en raadde Amir aan met hem te gaan praten. 'Hij kan je wegwijs maken, hij kan je vertellen wat je moet doen om net als hij succes te hebben.'

Yassin regelde een afspraak. In de boksschool kwam het tot een ontmoeting. Anouar begon hem te plagen. 'Ik zie je weleens lopen in de wijk. Je hebt een grote mond. Kleed je maar om. We gaan sparren.' Tien minuten later stond hij tegenover zijn held in de ring. Als dit je overkwam dan was alles mogelijk. Van dat gevecht leerde hij meer dan van honderd andere gevechten. Zo moest je vechten, als hij. Kort, fel, alles geven. Anouar was de held die het waarmaakte. Niks was nep aan hem. Deze jongen straalde onoverwinnelijkheid uit. Toen Amir afscheid van hem nam, wilde hij bijna in tranen uitbarsten. Het was te heftig.

Een paar maanden later was Anouar dood. Neergeschoten. De donkere kant had zijn overwinning behaald op de lichte kant. In de verte lachte een djinn, een geest.

Vanaf die dag beloofde Amir zichzelf verder te gaan waar Anouar was gebleven. Hij zou het gevecht tegen de djinns gaan voeren en ervoor zorgen dat in naam van zijn held de strijd toch gewonnen werd. Hij vroeg aan zijn moeder voor hem te bidden, zodat het boze oog afgewend werd. Soms bad hij zelf voor een gevecht. Niet voor de winst, maar om het onheil af te wenden.

Na de Beer kwam de Neus en toen kwam de Peer en toen kwam de Stier en toen kwam Mickey en daarna kwam Mickey Jr. en toen kwam Sal Mo en toen kwam The Fighter en toen kwam Krimo en toen kwam Brabo en toen kwam The Master en toen kwam De Slager en toen kwam Appel en toen kwam Marconi en toen kwam Newton en toen kwam Il Terrore en toen kwam Boris en toen kwam Öztürk en toen kwam Kerstboom en toen kwam Altenberg en toen kwam Alwey en toen kwam Achthoven en toen kwam Nederheimer...

Bijna al zijn gevechten had hij gewonnen, waarvan heel erg veel met een knock-out en hier en daar een gevecht onbeslist, wat hij haatte. Was een gevecht onbeslist dan hoorde hij een stem heel in de verte hem uitlachen. Hoe had hij het zover kunnen laten komen? Eén partij slechts had hij verloren tegen een jongen die niet lang daarna omkwam bij een schietpartij, dus in principe was hij ongeslagen want de doden tellen niet meer mee.

Hij moest met zijn achttien jaar wennen aan de snelheid waarmee alles ging. Kunst was om wanneer mensen serieus werden, te relativeren. Wanneer ze grappig deden, een serieuze toon aan te slaan. Tegenwicht bieden. Overal waar hij kwam zag hij nieuwe gezichten, agressiever, emotioneler. Er werd naar hem gekeken zoals hij zijn broers naar mooie meisjes op tv had zien kijken, vol dromen, verwachting en soms expres onderkoeld ook. Iemand zei tegen hem: 'Ik zie in jou de toekomst van het nu.' Iemand anders zei: 'Later zal iedereen zoals jij willen zijn.' Lovende stemmen die om hem heen dwarrelden.

Hongerige ogen die allemaal van hem moesten eten en daar, zo leek het, trots aan ontleenden. En hij besefte terdege dat als hij zijn talent niet had gehad, al deze mensen hem straal voorbijgelopen zouden zijn. Met zijn reactievermogen en wil om te slagen stond of viel met andere woorden alles.

14

Het voelde natuurlijk niet onprettig om al die mensen om zich heen te hebben. Het bracht lichtheid in alles. Lichtheid die in de ring werd ingeruild voor zwaarte. 'Ik ben een ballerina, je weet wel, zo'n meisje dat in zo'n wespenpakje op en neer dartelt, die met de kracht van een tientonner uithaalt.'

'Mooie tekst, Amir, mooie tekst,' complimenteerde Fernandes hem. 'Blijf ze zo weggeven, gratis en voor niks. Dat is het enige waar ze niet voor hoeven te betalen. Je woorden. Voor de rest is het boter bij de vis.'

Fernandes wilde zijn Don King zijn, de beroemde boksmanager uit de Verenigde Staten. Net zo welbespraakt, net zo gek, met die geur van corruptie en slimmigheid om hem heen. 'Laat ze maar heel veel denken, zolang wij alles weten is er niks aan de hand.'

Het businessplan was simpel, voor Fernandes. Binnen tien jaar het grootste vechtsportconsortium om Amir heen bouwen. Tegen die tijd vocht Amir niet meer zelf, maar gaf hij leiding. En om dat te bereiken moest er een naam worden opgebouwd. Bad Boy, die clean bleef. Bad Boy, die op weg naar de arena in de tunnel woest alle lampjes aan het plafond uit slaat. Bad Boy, die nukkig op komt draven om onder de waanzinklanken van die Duitse edelnotensmid Wagner als

een masculiene Walkure kond te doen van zijn onheilsbood-
schap. Alles over de top en toch geloofwaardig. Wat een
naam. Bad Boy. Wat een uitstraling. Die reebruine ogen die
nachtkijkers zijn op klaarlichte dag. Wie valt daar niet voor?
Bam-bam-bam! In de ring bloedserieus, buiten de ring een
volle, brede, aanstekelijke glimlach. Als je niet van me kan
winnen, kun je nog altijd verliefd op me worden.

'Eén probleem,' zei Fernandes, 'je moet aan de vrouw.
Vroeg of laat. Dat rondneuken is niks voor jou. Valt te veel
op. Trekt te veel foute types aan. Jij wekt veel jaloezie op.
Moet je voor uitkijken.' Fernandes leerde hem binnen de
lijntjes te kleuren. Dat was zijn favoriete uitdrukking, binnen de lijntjes kleuren. Een olympisch kampioen gaat niet
vreemd. Succes moet georganiseerd worden.

Het was Fernandes geweest die Chanel had gebeld. Bij
hun eerste ontmoeting op straat had ze alleen het telefoonnummer in zijn mobiele telefoon getikt en was daarna snel
verdergegaan. In de afspraak die volgde zat hij zenuwachtig
voor zich uit starend in een Italiaanse bistro waar ze hem
naartoe had gedirigeerd te wachten op haar komst. Z'n lin-
kerbeen trilde tegen het houten tafelblad. De glazen en het
bestek rinkelden van ongeduld. 'Nog meer wijn, signore?'
vroeg de bediende. 'Schenk maar helemaal vol.' Drinken was
taboe voor een sportman, maar vanavond was hij geen atleet. Vanavond was hij een joch van zevenentwintig dat voor
het eerst in tijden een date had waar hij stiknerveus bij was.
Z'n blaas liep langzaam vol, maar het toilet was te ver weg.
Stel dat ze binnenkwam op het moment dat hij zijn blaas aan
het legen was. Wat zou ze denken? Hoe ruw, hoe onattent.
Waren al die vechters zo?

Ineens stond ze voor hem. 'Er is een ongeluk gebeurd op

de Overtoom. Een vrouw is uit het raam gesprongen. De hele straat is afgezet, ik kon er niet door met mijn fiets. Er lag gelukkig al een laken over haar heen. Ruzie met haar vriendje, mensen hadden geschreeuw gehoord. Wie zei dat liefde gelukkig maakt?' Ze kuste hem op de wang. Hard en zoet. 'Maar niet getreurd, wij leven nog en hier kunnen we lekker eten. Het gaat trouwens uitstekend met mijn enkel. Heb je goed gedaan. Ik heb genoeg gepraat. Doe jij maar het woord.'

Langzaam, met horten en stoten, vertelde hij wie hij was. Amir Salim. Uit Amsterdam-Oost. Vechter. Succesvol. Grappig. Charmant. Gezellig. Ondeugend. Hard. Streng. Trots. Trots. Ze liet hem praten terwijl ze de bestellingen deed. Hij kwam tot rust bij haar. Ze kon goed luisteren en toen hij uitgepraat was, tintelde het bij zijn slapen.

'Je praat heel mooi,' zei ze, 'maar je kijkt grappig, wat is er?'

'Zo tegen je praten heeft mijn hoofd leeggemaakt.'

'En wat betekent dat?'

'Dat betekent dat ik de hele wereld aankan. Een leeg hoofd vecht lekkerder.'

Toen ze afscheid van elkaar namen, liep hij terug naar huis. Als een slaapwandelaar ging hij door de brede straten, door het Vondelpark, haastige late fietsers ontwijkend, en bij elke stap vulde het lege hoofd zich weer met twijfel, onzekerheid, angst, totdat het helemaal tot aan de nok gevuld was. Zij had z'n hoofd leeggemaakt. Hij wilde haar hebben.

'Je bent een grappige jongen. We zien elkaar snel.'

Assistenten in de ring, assistenten buiten de ring, fiscalisten. Pr-jongens en -meisjes, personal assistants, en net als hij

dacht dat er niemand meer bij kon, bleek er door een incident of evenement of aangelegenheid weer ruimte te zijn gemaakt voor een volgende matroos aan boord van zijn schip,
mensen die evenwel niet ophielden hem het gevoel te geven
dat hij het ook heel best zonder hen afkon. Prettig gevoel is
dat; een soort van tinteling van onaantastbaarheid komt er
over je heen. Bij elk behaald succes gingen er mensen van
boord, zij die hun dienst hadden vervuld, en kwam er weer
nieuwe bemanning aan, werd het anker gelicht en tufte de
boot vrolijk verder, naar het volgende succesverhaal. Want
iedereen begreep dat hij allengs was uitgegroeid tot een Verhaal, waar heel de wereld een aandeel in kon hebben zonder
dat het afbreuk deed aan zijn persoonlijkheid. Het was een
verhaal met een begin, een midden en een nog onvoltooid
einde.

En dan waren er de mensen die je inhuurde als je het echt
niet meer wist, mensen van wie je standaard afscheid nam
wanneer het klusje was geklaard. De ene keer dat hij met zijn
Bentley zo hard had gereden dat ze zijn rijbewijs in moesten
vorderen. Advocaten stonden drie rijen dik opgesteld om
hun diensten aan te bieden. Ze belden hem op een van zijn
drie nummers, stelden zich rap en snel voor en boden hem
hun diensten aan. Iemand stuurde een lijstje met YouTube-
filmpjes van talkshows waarin hij witteboordencriminelen
en moordenaars vertegenwoordigde. Sommigen wilden het
zelfs voor niks doen. Hij was een investering. Ze zagen hem
als een aantrekkelijke partner om zich aan te verbinden,
want hij trok niet alleen de aandacht, hij legde ook financieel
gewicht in de schaal. Als hij groeide, groeide iedereen mee.
In een tijd waarin aandelen flopten, banken omvielen en geholpen moesten worden door falende overheden, was hij een

zekerheid. Wanneer hij mensen naar hem zag kijken, leek het niet of ze een mens zagen, maar een goudmijn. Klaar om gemijnd te worden.

Wonderbaarlijk, hoe meer hij over de schreef ging, hoe aantrekkelijker het werd om hem uit de penarie te halen. 'Zo'n charisma heb je, beste Amir, dat jouw schaduwzijde net zo fascineert als de rest.' Met de roem kwamen de incidenten. Het voelde alsof hij jarenlange schofferingen die hij en zijn vrienden hadden moeten ondergaan eindelijk kon rechtzetten door voor eens en altijd terug te slaan. Laten zien wie je bent. Een voorbeeld stellen, bij provocaties laten zien met een paar gerichte interventies dat er niet met je te spotten viel. Hij genoot van het machtsvertoon. En hij genoot ervan om die macht niet te hoeven gebruiken. De balans vinden was echter moeilijk, want alle macht die op jonge leeftijd wordt verkregen is een vorm van terreur.

Een burenruzie die hij meende op te lossen door zijn knokkels te kraken, escaleerde in een mediahype waarin de lokale zender AT5 pontificaal in de straat verslag uitbracht. Verkeersovertredingen haalden de Privé-pagina van *De Telegraaf*. Een filmpje dat hij maakte met het dochtertje van zijn zus, waarin hij een Disney-liedje meezong, ging viral. Iedereen liftte mee. Die combinatie van agressie en zachtheid, stilte voor de storm en kwebbeltante, het was onweerstaanbaar. En omdat de buitenwereld hem op de huid zat, was er meer buitenwereld nodig om die buitenwereld op afstand te houden.

De specialisten kwamen binnen. Coaches. Managers. Bestuurders. Voormalige bankiers, voormalige goeroes. Hij hoefde niet met ze te praten. Er zijn was al genoeg. 'Dan heb je iets om op terug te vallen,' verantwoordde Fernandes het.

'En ik kan alles aftrekken van de belasting.' Toen op weg naar een toernooi een van de adviseurs een businessclass-stoel naast hem had gekregen om hem tijdens de lange vlucht bij te praten over de struikelblokken van het karmische leiderschap, barstte de bom bij Amir. Hij trok zich terug. Fernandes suste hem.

Zo ging het er niet aan toe in Amsterdam-Oost, waar hij vandaan kwam, waar je alleen mensen vertrouwde die je kende. Waarin sowieso de wereld was verdeeld in familie en de rest – hoewel heel zelden ook mensen van buiten de familie een soort van familie konden worden. Maar hij was eraan gewend geraakt. In die nieuwe wereld zat het er vol mee: onzichtbare maar belangrijke mensen.

En dan waren er natuurlijk de sponsors, om de twijfel weg te spoelen met hun aandacht, hun geilheid om met je op de foto te staan, om geld in je te stoppen en nog meer geld als dat nodig was – ze smeekten soms om toegelaten te worden.

En het allerlaatste beetje twijfel werd weggenomen door tienduizenden fans om de ring die in koor, oververhit van enthousiasme, één grote dikke zweetparel, zijn naam scandeerden. Op het moment dat hij zich zo geliefd voelde door die kolkende, anonieme massa voelde hij zich pas echt onverslaanbaar; hij zou het nooit laten gebeuren ten overstaan van hen ten onder te gaan. Dat kon gewoon niet. Daarvoor was die liefde te sterk, te overweldigend. Die liefde staalde hem. Hem en zijn tempel. Hij wás die liefde.

15

Aangekomen op de heuvel waar de taxichauffeur met zijn vergeelde vinger naar gewezen had, ontvouwde zich honderden meters onder zijn voeten een dal, waarin hij na lang turen een samenraapsel van huisjes zag.

Dus daar lag het dorp waarin die toeristen verzeild waren geraakt. Het mocht bijna de naam dorp niet dragen, zo'n hopeloze indruk maakte het. Gelukkig voor de dorpelingen was er de schaduw van de lange, sierlijke dadelbomen, die met hun koelte en donkerte wat van de armoedigheid aan het oog onttrokken. Verder zag hij in de wijde omgeving alleen struiken en zandsporen die overal vandaan kwamen en nergens naartoe leken te leiden.

Het hele stuk naar beneden was dik vijf kilometer, dan zou hij bij die kronkelende rivierbedding daar uit kunnen komen. Een argeloze reiziger die niet bekend was met dit gebied zou hier toch zeker verdwalen. Hadden die toeristen dit gelopen?

'Salaam wa alaikoem.' Plotseling stond er een kleine oude man voor zijn neus, het onbetaalbare gezicht helemaal bekrast door de stoffige tijd. Natuurlijk had hij een lekker dikke boernoes aan en droeg hij afgetrapte leren slofjes. Helemaal het plaatje. Hij bekeek Amir van top tot teen. Natuurlijk, hij was een vreemdeling, en hoe vaak kwamen die hier?

'Wa alaikoem as-salaam.'

Wat bracht de vreemdeling hier?

'Werk.'

'U komt voor de christenen. Beter laat dan nooit. Ze vreten het hele dorp kaal.'

'Ik ben hun reisleider.'

'Algerijn?'

Amir begreep hem niet. Wat had hij met Algerije te maken? Het was het heetste moment van de dag. Als de gesprekken hier net zo idioot waren als in de taxi had hij er al helemaal geen zin meer in.

'Ik kom uit Nederland,' probeerde hij toch maar.

'U heeft anders een Algerijns accent.'

'Heeft u iets tegen Algerijnen?'

'We hebben een grens met Algerije, en toch hebben we hem ook niet.'

'Ik ben geen Algerijn.'

'Uw ouders?'

'Niet dat ik weet.'

'Algerijn, ik heet Moha', en zonder naar zijn naam te vragen liep Moha voor hem uit, waarna Amir hem maar volgde. In een vloek en een zucht waren ze beneden. Hoe die man het deed begreep Amir niet, maar overal zag hij wel paadjes om door te steken.

Ze liepen linea recta naar het lelijkste huis van het dorp: het huis met het meeste ijzer erin verwerkt, het meeste glas, het meeste beton, de meeste protserigheid en het minste aanzien. Wanstaltig. Misplaatst. Het leek de oorspronkelijke bouw belachelijk te maken. Dit moet van een of andere rijkaard zijn, dacht Amir. Die laat het hier breed hangen en steekt de anderen de ogen uit met z'n huis. Kapsones is van alle tijden en culturen. Het is het eerste wat opkomt wanneer men geen honger meer lijdt, het laatste wat sterft als de ziekte zich aandient.

'De eigenaar is op jonge leeftijd naar Duitsland gegaan om daar zijn fortuin te maken,' vertelde Moha. 'Hij komt hier eens per jaar een week logeren om te luisteren naar de cicades. Hij is mensenschuw. Omdat hij er niet is en we geen andere plek hebben voor de christenen, hebben we ze hier opgevangen.' De man stak de sleutel in het roestige slot. 'Ze waren eerst bang, het blijven natuurlijk westerlingen, vreselijk op hun hoede voor alles wat geen tandpasta gebruikt. Ze dachten dat we ze in een gevangenis zouden stoppen of nog erger: in de moskee. De vrouwen vreesden voor kamelen ingeruild te worden, alsof we nog in de middeleeuwen leven. Ze brengen sowieso niets op, die dorre types. Op van de zenuwen waren ze. Maar toen ze een beetje tot rust kwamen, begrepen ze dat we hun alleen maar zoveel mogelijk rust en comfort wilden bieden. Allah vervloeke de ingewanden van iedereen die ons een slechte naam wil bezorgen.'

De stalen deur ging piepend open, waarna ze uitkwamen op een binnenplaats met in het midden een fontein, die zo te zien al jaren buiten gebruik was.

Toen zag hij de toeristen; als aangeschoten wild hingen ze uitgeput op de banken in de schaduw van de galerij. Het was niet moeilijk om onmiddellijk sympathie voor ze te voelen, maar het was ook niet zo moeilijk irritatie te voelen: hoe waren ze hier in hemelsnaam terechtgekomen? Hij onderdrukte de neiging hun meteen de les te gaan lezen, als een op hol geslagen dominee die eindelijk zijn kans krijgt hoog van de toren te blazen. Dat zou natuurlijk keihard averechts werken. Beter om ze met zachte handschoentjes aan te pakken, en het berispen en kritisch vragen eventjes achterwege te laten.

Ze draaiden hun gezicht naar hem. Ze konden geen dorst hebben, maar toch leken ze uitgedroogd. Uitgeput van het dagenlang wachten in deze uithoek waar nooit iemand kwam.

Hun begerige ogen. Die blikken herkende hij uit de arena's waar hij zijn opwachting maakte om te vechten; hij hield van die gezichten vol spanning, hoop, en ook twijfel of hij wel in staat was om de volgende machtige tegenstander neer te slaan. Het publiek was pervers. Ze kwamen om je te adoreren, ze verlangden ernaar om je onderuit te zien gaan.

Ergens onder hen moest Gina zijn. Het was een overwegend blanke groep van middelbare leeftijd, dus hij moest haar er makkelijk uit kunnen pikken met haar lichtgetinte huidskleur en jonge jaren. Maar zo iemand zag hij niet bij de eerste verkenning. Gina, je maakt het me moeilijk, dacht hij. Ik kwam om je op te halen, niet om naar je te zoeken.

Een vrouw barstte in snikken uit, het huilen van iemand die zich ontlaadt na een lange periode van gedwongen zelfbeheersing. Het gehuil van iemand die niet vond waar ze voor kwam. In plaats van dat het aanvoelde als een probleem, voelde het als bevrijding. Zijn aanwezigheid wierp direct haar vruchten af. Niet te arrogant over doen, gewoon accepteren.

'Dag, allemaal. Ik ben Yassin. Ik ben uw reisleider.' Zo was de eerste leugen geboren.

16

Een vluchtige inventarisatie van het huis leerde dat het luxer had gekund. De migrant uit Duitsland was voor snel en pompeus gegaan. Het toilet deed het niet; met een emmertje water moest de ontlasting worden doorgespoeld. Als alternatief voor het ontbrekende wc-papier gebruikten de gasten de kranten en tijdschriften die ze uit Nederland mee hadden genomen. Een handige reiziger had een heel pak doormidden gescheurde pagina's aan een touwtje opgehangen. Creatief met papier. Terwijl je boven de pot hing las je op de rol de weersverwachting van een week geleden.

In de kamer die hem was toebedeeld knapte hij zich op. In een roestige spiegel – wat was er niet roestig in dit huis – zag hij voor het eerst zijn gezicht weer; het gezicht keek terug met een verbaasde, geamuseerde blik, alsof het zelf ook een beetje gegeneerd was door de ontstane situatie. Onder de baard die hij begon te krijgen, zag hij de eerste roodheid van de zon, maar daaronder ook wat vaagblauwe plekken. De Japanner met wie hij in gevecht was geweest had wel van zich af gebeten.

Hij hoopte dat zijn beginnende stoppels de reislustigen niet zouden afschrikken. Ze waren met een stuk of twintig, zo in de gauwigheid geteld; mannen en vrouwen, van middelbare leeftijd en ouder. Het type dat hij weleens zag zitten in het Italiaanse restaurant in Oud-Zuid waar hij vaak at. Hoogopgeleid, nooit de handen vies gemaakt, altijd netjes belasting betaald. Seks is niet meer zo belangrijk, nooit geweest eigenlijk. Geen dure auto's, want dat kost maar belasting en benzine. De gesprekken gingen over het huisje in Frankrijk of over de kleinkinderen, en soms over de kleinkinderen in het huisje in Frankrijk. Ander terugkerend thema waren de vakantiebestemmingen.

Gina had hij nog niet gezien. Onder de andere vrouwen waren geen stoten van wijven waar je iets meer mee te maken wilt hebben. Ze konden niet wat Chanel kon. Onbevoorooroordeeld luisteren, de hele dag en nacht als het moest. Zulke vrouwen bewonderden hem, hingen aan zijn lip, herhaalden het laatste woord dat hij uitsprak of leken getraind om bij het flauwste grapje in hysterisch lachen uit te barsten, een lachen zonder een begin of einde.

Hij liep de groep weer tegemoet. Gemist werd hij niet, de meesten waren verzonken in een boek. Zo te zien aan de omslagen waren ze van plan als Marokko-deskundigen terug te keren naar Nederland. Ook een manier om te doen alsof problemen niet bestaan. Studeren in tijden van cholera. In afwachting van hulp waren ze natuurlijk goed gevoed – laat dat maar aan de Marokkaanse gastvrijheid over – maar ze leken hongerig, zag hij. Stress verteert alle energie en maakt onrustig. Het was geen honger naar voedsel, maar honger om uit de uitzichtloosheid gehaald te worden. Heel romantisch zo'n Berberdorpje, maar onder deze omstandigheden sleet de romantiek snel. De teleurstelling was voelbaar. Vliegen die pesterig de kleverige huiden aantikten, cirkelden om hen heen.

Ook toen hij wat beter keek, zag hij nog steeds geen jongere vrouw die Gina kon zijn ertussen zitten. Misschien verborg ze zich en liep ze nu tussen de dadelbomen, op zoek naar het pure Marokko. Dat soort meisjes maakte van de nood een deugd. Misschien was ze bij een Berberfamilie in het dorp om haar antropologiestudie in praktijk te brengen. Ze was vast en zeker zo'n studiebol die geen moment voorbij liet gaan om dat overvolle hoofd nog wat voller te maken. Vragen stellen in houterig Frans en theedrinken.

Chanel had rechten gestudeerd, dat was tenminste een echte studie. Als derdejaars was ze door een modellenscout op de Kalverstraat uitgenodigd voor een shoot. Het begin van haar bizarre periode, zoals zij het noemde. Weinig eten, weinig drinken en non-stop reizen. Ze had haar studie met het modellenwerk gecombineerd zolang het kon, totdat ze op een avond in een hotelkamer in Grozny, Tsjetsjenië, zuchtend de studieboeken had dichtgeslagen. Het sloeg nergens op, ze moest kiezen. Het werd model zijn. Amir vroeg of het waar was van de meisjes die zo ver gingen in hun maniakale verlangen om superslank te zijn dat sommigen aan anorexia leden. Chanel kon het beamen. 'Ik stond ook op het randje van meer dood dan levend. Op een dag had ik een opname in de Kalahari-woestijn. Het was veertig graden in de schaduw maar ik had het rillend koud.' Pas later zou ze beseffen dat ze in een omgeving opereerde waarin geen plaats was voor middelmaat. 'Je bent alles of je bent niks. Wie faalt wordt afgevoerd, zodat alleen de crème de la crème overblijft. De middelmaat bestaat er niet.' In een wereld zonder middelmaat is elke dode meteen een celebrity.'

Toen Amir Chanel leerde kennen werkte ze als hoofd casting voor een Nederlands modellenbureau, wat betekende dat ze drie keer in de week de Kalverstraat op ging om de langste, dunste en excentriekste meisjes aan te spreken en uit te nodigen voor een gesprek. Zoals zijzelf was ontdekt, zo ontdekte zij nu anderen. Ze had er een goed oog voor, merkte haar baas. Ze kwam altijd terug met, zoals het werd genoemd, buit. 'Verse vis. Hollandse nieuwe.' Chanel was een goede visser. 'Hebben we je eenmaal aan de haak, dan laten we niet meer los. Het is een mooi bestaan, zolang je bestand bent tegen de gekte ervan. De hopeloze oppervlakkigheid en de verveling. Alles duurt en duurt en duurt maar, en net op het moment dat je je handen in de lucht wilt gooien om boos weg te lopen, wordt die ene foto gemaakt die overal zal verleiden tot kopen, kopen, kopen.'

'Wat was het moeilijkst?' vroeg Amir.

'De verveling, die heeft overal op aarde dezelfde kleur. Donkergrijs met aan de randen zwart.'

Wat ze zei schokte hem op een aangename manier. Haar verveling was zijn verveling. Ze had hem omslagen van de Franse *Vogue* laten zien. Haar ontdekkingen. Natuurlijk was ze ook trots. Mooie mondaine dames, gehuld in satijn. Grote blauwe Hollandse ogen die de toeschouwer een wereld van glamour en klasse in trekken. 'Deze heb ik ontdekt in de Blokker. Deze stond in de H&M bij de zomer-sale. Dit meisje at een patatje oorlog. Het eerste wat ik ze vraag is om nooit meer een patatje oorlog te eten.' Zijn verzoeken om mee te gaan op zoektocht had ze afgewimpeld. 'Dan raken ze maar onnodig opgewonden. Modellen vinden moet in stilte gedaan worden.' Er werden foto's gemaakt. Haar hele huiskamer hing er vol mee. Het ene na het andere eindexamen gezicht. Vers van de pers. Een paar werden er uitgekozen. Hij begreep waarom Chanel zich zo op haar gemak voelde in de KI-wereld. Talenten die van straat werden geplukt, blootgesteld in een kleine ruimte om na lange intensieve training ver van huis te vlammen. De korte, intense periode waarin alles moest gebeuren. Het voortdurende vechten om de moordende concurrentie voor te zijn. Raakvlakken genoeg.

Deze mensen wisten niet wie hij was. Dat merkte hij meteen. Het gestaar dat duidde op die mengeling van fascinatie en ziekelijke nieuwsgierigheid bleef uit. Hij was bang geweest dat ze zijn valse identiteit direct zouden doorzien maar raakte er nu van overtuigd dat hij ze alles kon wijsmaken. Alleen wilde hij dat niet. Het laatste wat je moest doen was mensen die in nood verkeerden voor de gek houden. Hun straf bij ontdekking zou meedogenloos zijn.

Reizen door exotische culturen stond of viel met de gepaste hoeveelheid tijd die je doorbracht bij vuile kinderen in armoedige dorpjes. Ze hadden hier allang niks meer te zoeken. Uiteindelijk was er alleen maar onderontwikkeling en verveling. Amir verlangde even naar een kingsize bed met uitzicht op een plasmascherm met tweehonderdvijftig kanalen. Beetje zappen, lummelen, zappen. Maar die aangename tijd waarin hij kon laveren tussen maximale ontspanning en maximale inspanning – het leven van een sporter in een notendop – zou niet terugkomen. Beter was het om meteen maar te geloven in deze rol van reisleider, want zoals de zaken ervoor stonden was dat het enige waaraan hij de komende tijd nog iets van houvast zou kunnen vinden.

'Stoor ik?' Een van de vrouwen haalde hem uit zijn mijmering.

'Ik ben hier om u te helpen.'

'Dat is heel geruststellend van u om dat te zeggen. We zijn allemaal blij dat u er bent. Het is een leuk dorpje, maar we hebben het nu wel gezien.'

'We gaan hier ook weg.'

'Het enige wat ik wil zeggen, is dat velen het met mij eens zullen zijn dat we deze rondreis moeten afmaken. Er staan nog twee steden gepland: Marrakech en Fez. We zijn wat dagen kwijt, maar misschien kunt u het reisbureau zover krijgen ten minste één dag te verlengen?'

'Daar ga ik m'n best voor doen.'

Als ik hiervandaan iemand bellen kan, dacht hij. Maar de waarheid vertellen zou alleen maar onrustig maken. Ze waren in het land van de sprookjes. Hij moest sprookjes blijven vertellen. Op vakantie werd iedereen een kind.

'Fijn,' zei ze, 'ik wist dat u dit zou begrijpen.'

Een ander stapte uit de groep naar voren om hem een stevige handdruk te geven, daarmee de noodzakelijkheid van zijn komst onderstrepend. De handdruk van de hoop. 'Komt Gustaaf nog terug?'

Ze waren natuurlijk nog danig onder de indruk van wat hun reisleider was overkomen. Knuffelreisleider. De mens hecht zich snel. Onthechten is moeilijker.

'Nee, Gustaaf komt niet terug,' zei hij.

Er barstte iemand in huilen uit; een wat jongere vrouw, die nu haar handen schaamtevol flink in de ogen zat te wrijven. 'Is hij dood?' klonk het van achter het gesnik.

Dat was een lastige. Hij wist eigenlijk niet of Gustaaf dood was; hij wist niks van Gustaaf.

'Gustaaf ligt in het ziekenhuis en krijgt alle hulp die hij nodig heeft om te herstellen van de beet. Laten we liever aan onszelf denken.' Goede tekst, dacht hij. Leiderschap tonen door in korte, krachtige zinnen op een empathische doch dwingende manier aan te geven hoe de situatie is en hoe de situatie zal worden. Op de lange vluchten naar Japan en

Thailand las hij op zijn iPad zelfhulpboeken waarin leider-schap centraal stond. Die lessen kwamen wel heel goed van pas nu. Zelfonderwijs loonde. Hij pakte een colaflesje uit een van de kratjes die voor ze stonden. Het spul was lauw, alle bubbels waren eruit.

'Kent u Marokko goed?' vroeg een andere toerist. De man (kaal, middelbare leeftijd, gouden brilletje) oefende blijk-baar een beroep uit waarin je staand moest praten, want hij was er goed in. 'De dorpelingen hier spreken slecht Frans en kunnen ons niet helpen. Mobiele telefoons hebben geen be-reik. We zitten vast. Hoe haalt u ons hier weg?'

Onbewogen keek de man hem aan, niet van plan te gaan zitten voordat hij antwoord had gekregen op zijn vragen. Als deze reis achter de rug was, ging hij de man als woordvoer-der inhuren, nam Amir zich voor.

Het ergste wat deze mensen kon overkomen was gebrek aan comfort. Maar comfort was continu aan slijtage onder-hevig, wist Amir. Dit waren mensen die gewend waren bij-tijds naar bed te gaan en keurig netjes hun rekeningen be-taalden. Het geld dat ze verdienden stopten ze in een leuke reis waar ze eventjes van alle 'zorgen' vrij waren. En dan kreeg je dit. Pech.

'Dit is mijn eerste georganiseerde reis,' zei Amir. Het leek hem beter om wat dat betreft open kaart te spelen. Op geen betere manier kon hij deze mensen voor zich winnen dan door duidelijk te maken dat hij net zoveel wist als zij.

'Wat brengt u dan hier?' vroeg de man.

'Ik moet het rondreizen toch ergens leren?'

Gelach klonk op. Deze ronde was voor hem.

De man ging weer zitten. 'Als u ons hier weghaalt, praten we er niet meer over. Maar u kent Marokko toch wel?'

'Mijn ouders komen hier vandaan.'

'Maar ként u Marokko?' herhaalde de man de vraag. Het vragenstellen begon nu een vervelende kant te krijgen. Vriendelijk blijven kostte hem meer energie. Dit was een lastige klant. Gewend dat de hele wereld naar zijn pijpen danste. In zijn vorige leven, toen het succes hem toelachte, kon je zo iemand in dienst nemen om lastige zaken voor je te doen. Of uitkafferen. Hij was wat je noemde een rat. Ook ratten gingen op vakantie. En bleven rat. Vooral wanneer de rat rook dat er iets niet helemaal in de haak was.

'Ik kwam hier als kind om vakantie te vieren. Ik heb dit land beleefd. Wat ik kan is u de weg wijzen, wat u kan is mij ook de weg wijzen.'

Leiderschap toonde je door je sterke kanten te belichten en je zwakke kanten klein te maken, zo klein dat ze niet opvielen. Het was hem gelukt. Amir kon heel goed zijn in het tonen van zijn charmante, wellevende, meegaande kant. Dat hij dat uit een zwaktepositie deed had niemand door. Mensen knikten: hier sprak een man die niet bang was zich kwetsbaar op te stellen met een hoopvolle boodschap. Het was een realistisch verhaal. Zijn logica suste hen in slaap.

'U kunt mooi praten...' zei de Rat cynisch.

Amir moest zich inhouden om niet te terug te slaan met een keiharde, sarcastische opmerking. De man tergde hem. Maar hij hield zich in.

'U moet weten dat mocht er ook nog maar iets gebeuren deze reis, ik niet alleen de reisorganisatie maar ook u aansprakelijk zal stellen.' En met die dreiging vond de Rat dat hij wel genoeg had gezegd en hij ging naast zijn graatmagere vrouw zitten, die aan haar opgefokte gezicht te zien de oorzaak moest zijn van de felheid die haar echtgenoot aan de dag legde.

Amirs lichaam zette zich in beweging richting het stel. In vier, vijf, zes stappen was hij bij ze gearriveerd. De man was opgestaan om hem opnieuw van repliek te dienen als dat moest. De laatste lezers klapten hun boek dicht, want deze confrontatie eiste alle aandacht. Wat Amir het liefst wilde doen was zijn hoofd tegen het voorhoofd van deze man plakken, hem met zijn rechterhand bij de nek pakken, zoals kickboksers gewend waren te doen, om hem met een paar kleine woordjes duidelijk te maken dat hij wat hem betrof te ver was gegaan en dat mocht hij van plan zijn om nog meer olie op het vuur te gooien dat niet zonder gevolgen zou zijn. Hij ging de norm stellen. Maar vlak voor zijn tegenstander hield hij halt, reikte zijn hand uit en draaide zich om naar de groep. Hij verhief zijn stem.

'Ten eerste beloof ik u: we gaan hier zo snel mogelijk weg.'

De kopjes kwamen, zag hij, als uitgedroogde zonnebloemen die worden opgeschrikt door een sproeiregen, meteen wat omhoog.

'We kunnen twee dingen doen. Deze reis afblazen. Met een beetje geluk zit u dan morgen weer thuis. Wat gaat u uw vrienden en familie vertellen? Dat u in een dorp heeft vastgezeten. Einde verhaal. U krijgt uw geld terug, maar deze dagen komen nooit meer terug. Deze hele toestand gaat u niet in de koude kleren zitten. Of we kunnen deze reis afmaken. Ik neem graag het stokje over van Gustaaf.'

'Ik wil naar huis,' piepte iemand.

'Ik ook,' morde iemand anders. 'Ik leg mijn lot niet in handen van een beginner.'

'Kom, kom,' suste weer iemand. 'Hij bedoelt het goed, anders zou hij hier toch niet zijn?'

Omdat de reizigers zogezegd in beweging kwamen, kreeg

de hitte ook vat op hen. Ze zweetten, zag hij, maar niet zo sterk als hij. De wind die naar binnen woei was onveranderlijk heet. Het was genoeg geweest.

'Laten we stemmen over of we deze reis gaan afmaken. Wie wil er naar huis?'

Tien handen gingen de lucht in.

'Wie wil er blijven?'

Weer tien handen gingen de lucht in.

Amir pakte een muntje uit zijn binnenzak. 'Dan laat ik het lot beslissen. Kop is gaan. Munt, blijven.' *Een leider is niet bang om in geval van een impasse risico's te nemen*, had hij gelezen. Dit was zo'n moment om een risico te nemen. Het lot zou hem wel goedgezind moeten zijn. Het was altijd met de dwazen. Hij wilde het muntje opgooien toen hij iemand achteraan hoorde zeggen: 'Ik wil dat de reis doorgaat. Het is elf tegen tien.'

Het donkere haar in een dikke knot. Frêle lichaam, door het vele reizen tanig en sterk geworden. De mond van haar vader. Die vastberaden blik ook. Het was Gina.

17

Op een omgekeerd Coca-Cola-kratje gezeten bekeek Amir de reizigers nog eens goed. Hij nam een slokje van zijn cola en probeerde zich af te sluiten voor de gesprekken die de mensen met elkaar voerden. Gesprekken waarin alvast werd vooruitgekeken naar Marrakech, waarin informatie werd uitgewisseld over wat men ging zien, wat men kon verwachten. Ze waren allemaal op de een of andere manier helderziend. In de gesprekken kwam de stad in z'n volle glorie tevoorschijn, alles om de verwachtingen nog groter te maken. Het kon dus alleen nog maar teleurstellen. Maar wellicht school er ook zeker genot in teleurstelling. Het kon ook niet anders dat ze wisten wat er ging gebeuren, want het was tenslotte wel hun vakantie waar hij in gefietst was. Als hij zich maar bescheiden opstelde en ervoor zorgde dat er logistiek niets te klagen was, zouden ze hem vanzelf door Marrakech en wellicht Fez weer naar Casablanca loodsen.

Hij stond op en liep door het huis, op zoek naar Gina. In geen van de kamers vond hij haar. Het was te warm om naar buiten te gaan, iedereen zat binnen of was aan het werk. Op dit uur van de dag mensen vragen naar Gina zou alleen maar argwaan opwekken. Waarom wilde hij haar per se zien? Wat was dat voor een meneer die, zelf van Marokkaanse afkomst, aan het pottenkijken is geslagen? Hij zou beter moeten weten. Angst om door de mand te vallen beheerste hem. Beter om vast te houden aan zijn plan. Hij wilde de volgende dag zeer vroeg vertrekken uit het dorp. Hoe eerder ze hier vertrokken, hoe eerder hij weer telefonisch bereik had, en hoe eerder hij Gina kon wegloodsen. Moha had hem verteld dat als ze maar vroeg genoeg boven aan de weg kwamen, ze een grote kans hadden om een bus te treffen die naar de eerstvolgende stad reed. Vandaar zou er voldoende vervoer zijn naar Marrakech.

Aan het einde van de middag liep Amir naar buiten. Iedereen in het dorp stak vroeg of laat het plein over om ergens te komen. Gina ook.

De tijd tot de duisternis inviel werd gedood door op het dorpsplein te gaan zitten wachten op de totale duisternis, bij de oude mannen van wie er een paar met een stok tussen de benen wat voor zich uit suften. Het waren gezichten waarin hij de gegroefde trekken van zijn eigen grootvader herkende, die hij tien jaar geleden voor het laatst had gezien. Hij was ziek geweest. Roken had zijn leven bekort. Bij terugkeer in Nederland belde zijn moeder, die was achtergebleven om voor haar vader te zorgen, om te vertellen dat zijn opa was gestorven. 'Hij vroeg naar je. Hij vroeg of je sterk was geworden.'

Een man die wakker werd haalde zijn kunstgebit uit de zakdoek waarin het opgeborgen had gezeten, en plaatste het terug in zijn mond, waarna hij murmelde: 'Ik kan weer kauwen.' Er was geen vrouw te bekennen. Maar ze waren er wel. Ze keken van achter de luiken toe, observeerden hen. Vanaf het dakterras hadden ze uitzicht over de vreemdeling. Amir voelde het wanneer vrouwen naar hem keken. De blik van vrouwen was anders dan de blik van mannen. Een scherpe nieuwsgierigheid, waar een lucht van roekeloosheid omheen hing.

Er stond een ezel midden in het dorp; hij was vastgebonden aan een heel kort touw, dat weer vastzat aan een stalen gewicht. Het dier kon geen kant op, toch leek het gelukkig. Amir keek ernaar; wat die ezel daar deed begreep hij niet. Gelukkig waren er de dorpsoudsten om hem te informeren.

'De ezel is aangehouden.'

'Voor wat?'

'Voor de beet die hij die gids heeft gegeven. Hij gaat berecht worden,' zei een van de oude mannen.

'Hoe kun je een dier berechten dat niet weet wat het heeft gedaan? Wel of geen straf, het zal niets uitmaken. Er komt een volgende vreemdeling die hem niet aanstaat om in de nek te bijten,' zei Amir.

'We zijn het verplicht aan onszelf om het dier te berechten. Verbannen moeten we de ezel, naar een veld waar hij niemand kwaad kan doen. En af en toe brengen we onze kinderen ernaartoe om te laten zien wat we doen met de dieren die hun baas niet gehoorzamen. Ook al treft de eigenaar van de ezel geen enkele blaam. De eigenaar is een vredelievend mens. De eigenaar heeft nooit gewild dat de ezel ook maar iemand iets deed.'

'Waar is de eigenaar?' vroeg Amir.

'De eigenaar zal zich laten zien als hij het daar het geschikte moment voor vindt.'

'Als de eigenaar zo'n eerzaam man is, hoe komt het dan dat de ezel bijt?' vroeg Amir.

Op die vraag had niemand een antwoord, en de stilte zette weer in.

'Misschien is vrijlating wel de grootste straf die je kunt geven,' zei Amir toen. 'De ezel heeft nooit vrijheid gekend. Het zal hem dagen, weken kosten voordat hij weet wat hij ermee aan moet.'

'Bent u een filosoof?'

'Nee. Maar ik heb een vriend die het is. Die vertelt me weleens wat.'

Om zijn woorden kracht bij te zetten liep hij naar de ezel en verloste hem van zijn touw. De ezel bleef staan waar hij stond.

18

Amirs huis in het rijke, statige, van eigendunk overkokende Amsterdam-Zuid was vier keer zo groot als het huis waarin hij was opgegroeid. Er was nooit lekkage. Als je in de badkamer de wasmachine liet draaien, hoorde je hem in de huiskamer niet. In Amsterdam-Oost hoorde je alle apparaten in alle kamers. Er was geen ontkomen aan. Soms droomde hij nog van het halletje op de begane grond van het oude huis. Kinderen hadden boter-kaas-en-eieren in het harde beton gekerfd. Een hakenkruis. Vreemde, duistere tekens ontsproten aan het verveelde, gekwelde brein van jonge mensen die een spoor wilden achterlaten. Echo's van echo's.

De nieuwe weelde wende snel. Er lag marmer op de vloer; de deurknoppen van de kamers waren goudkleurig. In de hoeken stond een Bose-stereoset. De bank was van Versace of van een andere protserig designnaam, dat wist hij niet meer precies, de bank was door een binnenhuisarchitect besteld. Hij had de goede man nooit gezien. Amir had door zijn trainingsarbeid nooit tijd gehad om een eigen smaak te ontwikkelen; wanneer hij iets mooi vond, kocht hij het. Wanneer hij erop uitgekeken was, gaf hij het weg. Aan zijn zussen, die het met hun echtgenoot kwamen ophalen om het weer door te verkopen. Hun smaak was niet zijn smaak. Er knisperde altijd een pakje bankbiljetten in zijn broekzak. Alles kon hij verdragen, maar zonder geld op zak de deur uit gaan deed hem zich naakt, kwetsbaar voelen. Het knisperen van de bankbiljetten bracht hem rust. Hij hoefde nergens slachtoffer van te worden. Een graai in de broekzak zou hem overal uit redden.

Zijn huis was een penthouse op de hoogste etage van het Zuid/WTC, het zakencentrum van Amsterdam, de best bereikbare plek van Nederland. Onder zijn voeten zag hij de treinen het station binnenrollen, de mannen en vrouwen in snelle pakken hollen om van geld nog veel meer geld te maken. Geen leven voor hem. Maar hij keek er wel graag naar; het gekrioel der mensheid bracht hem aangename verpozing. Alsof hij elke dag een voorstelling kreeg voorgeschoteld die 's ochtends, rond lunchtijd en aan het einde van de middag haar beste momenten had. Na de eerste bezichtiging had hij het meteen gekocht. Hij rommelde nog wat met de vraagprijs, maar zonder echt zijn best te doen. Het maakte ook niet zoveel uit. Het uitzicht stond hem aan, en het feit dat hij de eerste bezoeker was. Hij had de primeur. De eerste zijn gaf een kick. Aan hypotheken deed hij niet, hij betaalde contant.

In het begin woonde hij er alleen, al kwam er in zijn vrijgezellentijd weleens een vrouw over de vloer. De eerste keer dat ze kwamen waren ze meestal diep onder de indruk; de tweede keer kregen ze al praatjes en begonnen ze de boel in te richten. Het moment om ze voorgoed te dumpen kwam wanneer ze begonnen over de troep. Ze keken ernaar alsof het kakkerlakken betrof. Een voor een ruimden ze het veld.

Het was moeilijk te beseffen dat hij alleen was in een huis dat zoveel groter was dan het huis waarin hij was opgegroeid. Hele avonden zat hij stil in een stoel, de televisie op een NBA-wedstrijd, over de stad uit te kijken en probeerde hij te begrijpen wat het betekende om alleen te zijn. Je kon alles doen, maar die vrijheid verstikte hem, maakte hem onzeker en instabiel. Hij was de aanwezigheid van zijn broers en zussen gewend; die vertrouwde stemmen die als een aangename stroom voortkabbelden. De televisie op een Marokkaans kookprogramma. Als hij de televisie aanzette was het alsof hij de stilte verzocht op te hoepelen. Dit voelde allemaal niet echt.

Chanel was de eerste vrouw die zijn huis bezocht zonder het een blik waardig te keuren. Ze plofte neer op de bank, caramboleerde haar donkerrode hakjes in twee verschillende hoeken van de kamer en attaqueerde Amir als een hongerige kat bij zijn lendenen toen hij uit de keuken terugkwam met de drankjes. Later zou hij haar slipje terugvinden onder de bank. Kledingstukken slingerden sowieso rond als freudiaanse versprekingen. Herinneringen aan haar aanwezigheid, uitdrukking van de moeite die ze had om zich na zich gegeven te hebben aan Amir weer bij elkaar te rapen. 'Niet alleen kledingstukken, hoor,' reageerde ze laconiek op de vraag hoe het haar lukte om zoveel kwijt te raken in zijn huis, 'bij elk bezoek raak ik een stukje van mezelf kwijt hier. Aan jou om het te verzamelen en op een dag aan me terug te geven. Dat die dag nog lang niet mag komen.'

Haar aanwezigheid verbijsterde hem. Zo'n sterke vrouw had hij niet eerder ontmoet. En soms, na een heftige vrijpartij waarin ze hem besteeg om dampend boven zijn torso klaar te komen, de nagels diep in zijn borst te zetten, het dikke blonde haar als een waterval boven zijn hoofd, zeeg ze neer om datgene te kunnen vertellen waar ze in het genot met hem eindelijk de woorden voor leek te vinden. 'Ik heb niks. Alles is me aangereikt. Ik moet iets van mezelf hebben. Ik wil een leven net als iedereen. Als ik niet succesvol kan zijn, de dood moge me halen.' Haar vastberadenheid had een donkere kant. 'Kijk,' grapte ze, 'weet je waarom deze nagels zo hard zijn? Omdat het leven in beton is gegoten en ik er een gat in wil boren.'

Bij het uittrekken van de kleding was er geld uit zijn broekzak gevallen. Het lag verspreid over de grond. Hij raapte het bij elkaar en strooide het uit over het glooiende lichaam. Herfstbladeren die verbranden op een zomers landschap.

'Dit is allemaal van jou. Neem het.'

Ze schoof het geld snel weg, alsof het vuil was. Dit irriteerde hem. Hij schoof het terug. Het was van haar. Ze pakte het geld bij elkaar en wierp het in één keer van haar vandaan. 'Je begrijpt het niet. Denk je dat je de eerste bent die dit probeert?'

'Als je een relatie met me hebt, eet je ook van mijn geld.'

'Ik wil je geld niet.'

'Dan wil je mij niet.'

'Met wat voor vrouwen ben je omgegaan, dat je denkt dat ik je geld nodig heb om me gelukkig bij je te voelen?'

'Ik voel me gelukkig als je het geld aanneemt.'

'Volslagen idioot.' Ze stond op om haar ondergoed weer aan te trekken. En over het ondergoed haar kleding, zodat ze wanneer het haar te gortig werd kon weglopen. 'Dat ik dit serieus neem.'

'Je moet het serieus nemen, want dit is serieus.'

'Heb je nog een andere waarheid dan deze bullshit?'

'Waarom praat je zo?'

'Waarom praat jij zo? Ik ben geen hoer. Dit wil ik niet. Je

moet dit respecteren, anders kunnen we niet samen zijn.'

In één beweging was hij opgestaan, had haar bij de polsen gepakt en vliegensvlug haar jurk omhooggetrokken. Hij gooide haar op bed, op haar buik, en ging boven op haar liggen. Zonder iets te zeggen pakte hij haar met z'n linkerhand bij haar middel, met z'n rechterhand spreidde hij haar benen.

'Bruut, bruut,' schreeuwde ze.

'Geen geld, dan seks. Geen seks, dan geld.'

19

Daar de kans dat vreemdelingen het dorp nog eens zouden aandoen vrijwel nihil was, namen de dorpelingen uitgebreid de tijd om Amir te vertellen over alle hoogtepunten die er in hun oase te vinden waren. Hij was tenslotte de reisgids, sprak vloeiend Marokkaans en zou, eenmaal onder de indruk, hopelijk dit dorp meenemen in een volgende excursie. Het was dus zaak om hem zo goed mogelijk in te lichten over de mogelijkheden die er lagen voor bezoekers en geen detail over te slaan, wat betekende dat Amir toen de avond al was gevallen nog steeds op het dorpsplein zat, inmiddels zo volgepropt met feiten, weetjes en grootse vergezichten dat hij smachtte naar verlossing. Dat was helaas onmogelijk. De gastvrijheid die de dorpelingen de Nederlanders hadden betoond viel ook Amir dusdanig ten deel dat als hij ook maar een seconde blijk had gegeven van ongedurigheid, ze tot in het diepst van hun ziel gekrenkt zouden zijn. Amir voelde dit goed aan, al kostte het hem ontzettend veel moeite om niet te laten blijken dat hij moe was en hij, hoe graag hij ook wilde, nog meer inzichten over de lokale dadeloogst eigenlijk niet meer aankon.

'Onze hoop is gevestigd op de sterke mannen van dit dorp,' zei Moha trots, en hij had dit nog niet gezegd of uit een huis kwam een jongen in een rolstoel tevoorschijn, die door een jongen met één been werd voortgeduwd.

'Wie zijn dat?' vroeg Amir.

'Dat zijn een paar sterke mannen van dit dorp. Wie de jeugd heeft, heeft de toekomst.' Ze verdwenen uit het zicht. 'Ze zijn allebei doof,' zei Moha, 'dus naar ze roepen heeft geen zin. Daarnaast, wat moeten ze met ons oude mannen?'

Op het huis van de Duitser na had het dorp geen stromend water, had Amir net vernomen. De Duitser stond slecht aangeschreven bij de dorpelingen. Hem werd arrogantie en onverschilligheid verweten, en dat was onvergeeflijk in een gemeente waar alles, van de kleinste handelingen tot de grootste gedachten, draaide om wederkerigheid.

'Die man bulkt van het geld, maar investeren in het dorp, ho maar. We zouden het Marrakech van dit gebied kunnen zijn.'

'Waar hebben jullie behoefte aan?'

'Aan water. Als die man nu eens begon ons te helpen door waterputten te slaan.'

'Zouden jullie dat niet zelf kunnen doen?'

Maar zo eenvoudig lag het niet. Er was beloofd het water-probleem op te lossen, vertelde Moha; de belofte stond, al-leen was er nog niets gebeurd. Zolang de belofte stond, was het niet gepast als zij de waterput zouden slaan, want dat zou niet alleen betekenen dat ze de belofte niet respecteerden, het zou ook een uiting zijn van disrespect naar de Duitser toe. 'Alsof we hem eigenlijk niet volledig vertrouwen wat be-treft zijn bijdragen aan deze gemeenschap. Daar waken we dus voor, want wat we heel goed begrijpen is dat we hem al-tijd nodig zullen hebben om hier iets gedaan te krijgen.' En zo creëerde de wereld van de mogelijkheden, bijeengehou-

den door ritueel, voornaamheid en respect, een wereld waarin niets werd beslecht en alles werd afgewacht.

'We wachten op de Duitser.'

'Wanneer komt de Duitser dan?' vroeg Amir.

De dorpelingen keken hem aan alsof hij een wel heel bijzondere vraag stelde.

'Dat weet de Duitser,' zei Moha, 'en we hoeven hem echt
niet te vragen wanneer hij komt.'

'Want ook dat zou een overtreding zijn van de afspraken,'
vulde Amir hem aan.

'U begrijpt het al heel goed,' concludeerde Moha tevreden.

Pas toen de Duitser had beloofd het watertekort op te lossen had hij mogen bouwen, maar toen het huis er eenmaal
stond en hij langs was geweest voor zijn eerste sentimentele
week, hoorden ze nooit meer iets van die belofte. Hij nam altijd zijn eigen drinkwater mee, genoeg flessen om het die ene
week uit te houden. Niemand die de Duitser durfde aan te
pakken, omdat hij contacten had in de stad. Om zijn komst
op te luisteren liet hij altijd tien schapen slachten, waarvan
hij het vlees onder de dorpelingen liet verdelen. 'We eten er
goed van, dat wel. Maar we hebben nog steeds geen water-
leiding.'

'Heeft u ooit overwogen hem een ultimatum te stellen? Al
was het maar om duidelijkheid te krijgen?'

Nee, dat hadden ze nooit gedaan.

'Moet u weten, omdat hij die schapen laat slachten en ze
betrekt van de lokale boeren hier, zou dat zeer onvoordelig
zijn.'

'Onvoordelig op de korte termijn, maar u wilt toch op de
lange termijn iets bereiken?'

'Alles valt hier samen,' corrigeerde Moha. 'En met geduld

en Gods wil komt alles goed.' Met deze uitspraak begreep Amir dat het onderwerp zijn limiet had bereikt.

Hoe gingen ze hier wegkomen? De bus was vertrokken met Gustaaf en niet meer teruggekomen, begreep Amir van de mannen, en het dorp beschikte niet over gemotoriseerd vervoer. Ja, de Duitser bezat een grote Jeep, daar vergaapten de kinderen zich aan. Ze liepen eromheen en krabden er de aangekoekte modder van af, om er vervolgens mee naar huis te rennen. Een van de mannen wees naar een balkon, waar hoopjes klei waren uitgestald. Het leken net kaboutertjes die op de uitkijk stonden. 'Komen allemaal van die Jeep.' De enige manier waarop de dorpelingen zouden kunnen helpen, was door hun ezels beschikbaar te stellen, maar dat waren er veel te weinig voor de twintig reizigers. De toeristen zouden moeten lopen, en de bagage zou misschien op die paar ezels kunnen. Zo zou hij het voorstellen.

Wat de ezels betrof was er nog een heikel punt, dat Moha hem meegaf bij het afscheid van het plein. 'U moet weten dat we morgenochtend een ezel tekortkomen als we alle spullen en mensen in één keer buiten de vallei willen brengen.' De man keek hem aan met waterige, oude ogen.

'Ik zal het geen probleem vinden als de ezel die de vorige gids zoveel ongeluk heeft bezorgd wordt vrijgelaten.'

'Dank u,' zei Moha, ' u bent jong, maar al een wijs mens.'

Tijd om eindelijk terug te keren naar het huis van de Duitser, waar de reizigers zich opmaakten voor de nacht. Ze hadden fruit, dadels en gedroogde vijgen gegeten. 'Gelukkig niet nog meer lamsvlees,' riep er een. Er waren vegetariërs aan boord, die het met de groenten, bonen en vijgen maar net uithielden. Hij wist dit omdat er al verschillende deelnemers aan deze tiendaagse Marokko-reis op hem af waren gekomen met hun wensenlijstje voor de komende dagen. Reisleider zijn, had hij in deze eerste uren al ontdekt, betekende vooral dat je met alle duizelingwekkende dieetwensen rekening wist te houden.

Amir kende honger en dorst wel. In het begin van zijn carrière kwam hij in sporthallen waar van alles mis mee was; de kleedkamer kon smerig zijn, niet eens een normale ontvangst. Van de koffie bleef je af, want die was ondrinkbaar. Hij maalde er niet om, er was geen vergelijkingsmateriaal voorhanden. Echt goede koffie zou hij jaren later pas drinken, in de vele shoppingmalls die hij aandeed tijdens zijn tournees. Het maakte niet uit. Het enige wat hij dacht was: ik heb talent, en die gedachte maakte hem onverschillig voor hoe de wereld eruitzag.

Hier moest hij optrekken met mensen die leefden langs de lijnen der geleidelijkheid. Die de ultieme waarde van het leven niet zagen in wat je presteerde, maar in hoe je dat leven zo persoonlijk mogelijk invulde. Anders kon hij niet verklaren waarom de reizigers zo gedetailleerd ingingen op wat ze wel en niet mochten eten, wat ze nog wel even wilden zien, waar ze op uitgekeken waren en zo verder. Misschien was de grote uitdaging wel voor deze mensen om in een volstrekt onbekende wereld zoveel mogelijk van hun eigen levensstijl voort te zetten. Was dat eigenlijk niet ook hoe hij in Nederland had geleefd, tot dat verschrikkelijke moment van vierentwintig uur geleden? In een hem onbekende wereld met eigen regels toch proberen, naarmate de kracht en het zelfvertrouwen en de bekendheid groeiden, zijn eigen stempel erop te drukken?

Ze zat in een hoekje van het huis, daar waar vanaf een peertje genoeg licht viel om de wereld van een boek te verlichten maar ook niet meer dan dat. Gina. Eindelijk. *Hongerjaren*, heette het boek dat ze las. Amir had ook honger. Honger naar slaap, naar verlichting. Dat zakelijke, gedecideerde van haar, kende hij van Fernandes. Zijn broer. Zijn reddingsboei. 'Wat we ook van plan zijn in de arena, het zal ons niet in dank worden afgenomen. Als je verliest is men teleurgesteld. Als je wint wordt men wraakzuchtig. We moeten weten wanneer ermee te stoppen. We moeten weten wanneer de bakens te verzetten. Alleen dan overleven we dit.'

Amir hurkte om haar onopvallend te kunnen bekijken. Deze lezende jonge vrouw wist niets van de kattensprongen waartoe haar vader in staat was. Hij liep naar haar toe.

'Goed boek?'

'O, jij bent het. De reisleider. Hoe ben je eigenlijk aan m'n telefoonnummer gekomen?'

Leugen nummer zoveel kwam eraan. 'De reisorganisatie gaf het me.'

'Maar waarom dat van mij? Ik kwam er als laatste bij. Ik ken deze mensen niet.'

'Je stond denk ik als eerste op de lijst. Beaufort, heet je toch?'

Met die uitleg kon ze leven. Fernandes Beaufort. Gina Beaufort. Ze droeg de naam van haar vader. Mooie achternaam. Bekt lekker.

'Marokko is zo mooi. Ik ga hier nooit meer weg.'

'Je kan nog altijd terugkomen.'

'Waarom zou ik? Ik heb het hier naar mijn zin. En ik heb niks in Nederland te zoeken. In Nederland is iedereen het altijd oneens met elkaar. Zoveel negativiteit.'

'Mis je je vrienden, familie niet?'

'Gaan we persoonlijk worden?'

'Vind je het erg?'

'Mijn moeder benijdt me. Toen ze zo oud was als ik wilde ze ook alleen maar reizen.'

'Waarom deed ze dat dan niet?'

'Wil je dat echt weten?'

'Waarom niet?'

'Je bent een grappige reisleider, ik vertel je meteen mijn hele levensverhaal.' Allemachtig dik haar, opgestoken in een bol met een Japans eetstokje erdoorheen; je hoefde nooit meer iets te kopen, alles kon een gebruiksvoorwerp zijn. Ze was lang. Mooie handen. Hij viel op handen. De manier waarop ze het boek sloten, de vingers die naast elkaar rustten en in beweging kwamen om iets te onderstrepen, aan te geven.

'Als je het weten wil: mijn vader is de grootste lul die ooit op haar aarde heeft rondgelopen. Hij was zo jaloers dat hij mijn moeder nooit de vrijheid heeft gegeven die hij zichzelf wel gunde.'

'Het spijt me. Mensen maken fouten.'

'Ze waren jong toen ze elkaar leerden kennen. Zij was een hippie, hij kwam uit Suriname. Een knappe man. Leuk met iedereen, behalve met mijn moeder. Ze mocht niks. Het komt erop neer dat hij haar praktisch heeft gegijzeld. Ik herinner me hoe hij haar sloeg, elke dag opnieuw, een maand lang. Om haar iets af te leren, alsof ze een paard was of een ezel, de ezel die Gustaaf heeft gebeten.'

'Het spijt me echt heel erg.'

'Dat vind ik aardig van je, reisleider.'

'Zeg maar Yassin.'

'Yassin, maar je hoeft je nergens voor te verontschuldigen.'

'Ik weet niet. Het voelt alsof ik je ken.' Waarom zei hij dit?

'Mijn moeder zegt dat ze hem heeft vergeven omdat hij toen zichzelf niet kon zijn. Hij kwam als kind met zijn ouders uit Suriname en leed onder het racisme. Vocht op het schoolplein en bezwoer dat hij die Nederlanders een lesje zou leren als hij later groot werd. De dag dat hij voor het eerst op bezoek ging bij de ouders van mijn moeder moet hij als vernederend hebben ervaren. Ouders die tegen hun dochter hadden gezegd dat Surinamers drugsdealers en uitvreters waren, waar haar vader gekscherend over zei dat ze die maar beter zo snel mogelijk op de bananenboot konden zetten richting dat tjoekietjoekieland. Maar wat ik nooit heb begrepen, is waarom juist mijn moeder de klappen moest opvangen. Wat had zij misdaan? Zij hield van hem.'

'Waarom heb jij hem dan niet vergeven?'

'Elke dag zie ik hem voor me, hoe hij met die grote handen op mijn moeder afliep om haar een lesje te leren. Overal gaf hij haar de schuld van. Dat een Surinamer werd gediscrimineerd. Dat een Surinamer werd uitgelachen. Zij had het allemaal gedaan.'

'Mensen kunnen veranderen.'

'Dat zegt mijn moeder ook.'

'Zie je hem nog?'

'Alleen in mijn dromen. De paar keer dat hij contact zocht, heb ik het afgeslagen.'

'Dat klinkt als wraak.'

'Wat weet jij van wraak, Yassin? Hoe dan ook, die man is een monster. En een monster blijft hij voor mij.'

'Geloof je dat mensen altijd dezelfden blijven?'

'Wat hij mijn moeder heeft aangedaan. De pijn die hij ons heeft gedaan, die kan nooit veranderen.'

'Weet je waar hij is?'

Ze keek hem glashard aan. Voor het eerst in het gesprek dat ze zo diep in zijn ogen keek. Alleen door terug te kijken kon hij haar aan.

'Interesseert me niet. Hij zit in de sport of in het amusement, weet het niet precies. Al zat ie in dobbelstenen.'

'Misschien houdt hij ook wel van lezen, net als jij.' Fernandes had op de reizen naar Azië en Noord-Amerika altijd een boek bij zich: de biografie van Nelson Mandela, die bleef hij herlezen.

'Ik ben moe. Dank je wel voor het gesprek, tot morgen.' Ze stond op, haar zwart-witte jurkje tot net onder de knie wapperde licht om haar benen, en schoot haar voeten in de leren Marokkaanse sandalen. 'Wie wil er nou vergiffenis schenken aan een monster?' zei ze nog, en liep weg.

Hij tikte een sms'je naar Fernandes dat Gina rustig sliep en dat ze morgen zouden vertrekken. Mensen geruststellen. Mensen knock-out slaan. Die twee dingen deed hij graag.

20

De mannen sliepen bij de mannen, de vrouwen bij de vrouwen. Met een paar tikken op de deuren maakte hij ze om vijf uur wakker. Dezelfde klop als waarmee Ton op de deur tikte als hij op moest voor het gevecht. Die tik op zijn deur van Ton was uniek, daar werd hij meteen bij wakker. Geen ander geluid kreeg hem zo scherp. De tik die zei: 'Je mag naar buiten. Je mag het laten zien. Je mag jezelf gaan kronen, keizer Amir.'

Grote, boerse, lompe, onuitputbare Ton, waar zou hij nu zijn? De trainer die hij had verlaten om voor het grote geld te vechten. Hij had hem verraden door de beloning voor die investering van duizenden uren hard een-op-een werken aan een ander te laten. Voor wat? Voor wat pegels. Wat hem altijd zo had gefascineerd aan vechten was dat je vooruit kon kijken. Elke stoot lokte een andere uit, die goed geplaatst kon leiden tot een overwinning die je niet alleen rijker maakte, maar die ook nieuwe mogelijkheden opende. Een prachtige tuin met steeds nieuwe paden, nieuwe bloemen, nieuwe geuren en talloze mogelijkheden... Weg tuin. Niet te veel aan het verleden denken. Daar liggen geen kansen meer.

Het was nu al warm. Wie op het dakterras sliep had 's nachts tenminste nog enige verkoeling kunnen vinden.

Gina zou daar zeker slapen. Hij liep naar boven. Hij vond haar in het uiterste hoekje, geïsoleerd van de anderen. Het zal je dochter maar wezen.

De eerste keer dat Chanel bleef slapen werd hij wakker met haar voor zich verwikkeld in een ingewikkelde lichaams-oefening. Zoveel energie op de vroege ochtend wantrouwde hij, alsof zijn slaperigheid indirect werd bekritiseerd. Waar-om was hij niet zo'n vroege vogel? Hij haatte vroeg opstaan.

'Elke ochtend doe ik mijn yogaoefeningen. Het houdt me fit.'

Hij ging naast haar zitten om mee te doen. Het kon geen kwaad om nieuwe dingen te leren.

Ze had hem meegenomen naar Berlijn, voor het eerst sa-men naar het buitenland. 'Even cultuur opsnuiven.' In een museum keken ze naar een gigantisch portret van de Chine-se dictator Mao, geschilderd door Andy Warhol. Van Warhol had hij wel gehoord, van Mao niet.

'Deze man heeft miljoenen mensen de dood in gejaagd met zijn Culturele Revolutie,' doceerde Chanel.

'Ik ken deze moordenaar niet.' Deze Chinees zag er best wel vriendelijk uit, hij had geen moordenaar achter hem ge-zocht. 'Hij is wel mooi geschilderd door die Warhol.'

In een wijk vol restaurants en verwende kinderen van tweeverdieners aten ze Vietnamees. 'Tom Cruise is hier ook geweest,' zei Chanel. 'Het schijnt zijn favoriete tentje te zijn hier. Misschien heeft hij op deze stoel gezeten.' Ze slurpten hun kom mie naar binnen.

Het drukke centrum met z'n dure winkels en blingbling vermeden ze. Te veel starende blikken. Hij had geen zin om door de lokale Hells Angels achternagezeten te worden voor een handtekening. Dit was een andere wereld, waarin hij was gestapt. Een adempauze tussen twee verwoestende stoten in.

'Volgend jaar gaan we naar Marokko,' had hij gezegd, 'dan breng ik je naar mijn geboortedorp en gaan we naar Marrakech en naar Fez.'

Voor de echte hitte moesten ze de vallei uit zijn.

De pas werd erin gezet naar de weg. De reizigers leken er weinig moeite mee te hebben; ze waren waarschijnlijk getraind door al die lange wandeltochten die ze hadden gemaakt. Hun voeten waren gestoken in geweldig grote loopschoenen, waarmee je de Toebkalberg, de hoogste berg van Marokko, kon beklimmen als het moest. Het landschap werd, zo viel hem op, onophoudelijk vergeleken met de landschappen van Nepal, Laos, Oman, Mali, de Andes en zo gingen ze nog even door. Alsof ze een reusachtige atlas voor hun neus aan het doorbladeren waren. Niemand had zijn rugzak willen afstaan aan de ezels. Alles zelf doen hier, dat was blijkbaar deel van het vakantiegenot.

Het pad was steil en smal, vol rotsblokken. Om de honderd meter keek Amir op zijn mobiele telefoon of hij al bereik had. Moha liep mee, zodat ze niet zouden verdwalen. Zonder zijn kennis van de paden zouden ze veel langer onderweg zijn. Daarnaast hield Moha de stemming erin, hij vertelde degenen die het horen wilden honderduit over de mensen, de stammen en de tradities van deze landstreek. Amir moest vertalen. Hij begreep dat de oude man hier behoefte aan had. Het was zijn manier van uitdrukken dat hij ze nu al miste.

'Het is nu kwart over zeven, we pauzeren even,' zei Amir halverwege de klim tegen de groep.

'Waarom?' riep een vrouw, de voeten stevig verpakt in wandelschoenen van driehonderd euro. 'Het gaat net zo lekker.' Zo, die had haar eerste puntje van de dag gescoord. De georganiseerde rondreis: een coopertest voor ouderen.

Sommigen gingen zitten, anderen bleven staan en keken hem met een open blik aan, ten teken dat ze alles aankonden.

'Over twee uur staan we aan de weg,' zei hij.

'Komt iemand ons halen?' vroeg iemand anders.

'We wachten op de bus.'

Dat accepteerden ze gelukkig.

Boven aan de vallei, achter de heuvel, was het inderdaad nog een kilometer of twee naar de weg. Moha nam daar afscheid van hen. 'Ik kan jullie helaas niet verder helpen, ik ken het hier niet. Ik zou maar tot last zijn,' zei hij, en hij verdween.

Het laatste stuk ging vlot. Bij de weg gekomen, zagen ze aan de overkant in de berm tot ontzetting van een aantal van hen een rottend karkas van een ezel in de ochtendzon liggen. Er hingen zoveel vliegen om de kop dat nauwelijks nog te zien was dat het om een ezel ging. Had hij het dier bij zijn aankomst over het hoofd gezien? De zoektocht naar het dorp had zijn blik misschien beperkt.

De Rat kwam naast hem staan. Amir keek stuurs vooruit alsof hij hem niet had opgemerkt, om de man duidelijk te maken dat hij er niets mee opschoot. De Rat was in een omgeving beland die hem bang maakte en meende in Amir een ideale kandidaat te hebben gevonden om die angst te bezweren. Amir besefte dat de Rat er ook niets aan kon doen dat hij hem had uitgekozen om aan te vallen, te bekritiseren, want dit was de manier waarop in het leven zaken tot een goed einde werden gebracht. Amir schrok van zijn gedachtegang; hij begreep de Rat. Wat betekende dat als hij zich niet begripvol naar hem opstelde, maar hem trakteerde op onbegrip, arrogantie en afstandelijkheid, niemand werd geholpen. Dit ging niet om eigenbelang. Hij had ervoor te zorgen dat de woede en frustratie van deze man de harmonie in de groep niet schaadde. En hij, Amir Salim, kon verandering brengen door hem met een paar gemeende zinnen tegemoet te komen. Buiten deze groep mensen was er niemand die hem vertrouwde. Deze groep mensen was, zolang de werkelijkheid op afstand gehouden kon worden, de enige die hem accepteerde om wat hij deed, niet om wat hij was. Als hij de Rat – nu hij die bijnaam had moest hij het er maar mee doen, ratten waren zeer intelligente wezens – kon bijstaan, verzachtte dat niet alleen zijn gemoed, het gaf hem dat intense, weldadige gevoel een onschuldig man te zijn. Een man die opnieuw geboren is. Een gewassen kind.

Hij werd uit zijn gedachten gehaald door het mannetje naast hem. 'Gisteren, toen je buiten was, hebben we allemaal met elkaar afgesproken om op je uitnodiging in te gaan deze reis af te maken. Ik twijfelde eraan of het wel zo'n goed idee was. Maar dat je ons uit het dorp hebt gehaald, heeft mij en de anderen overtuigd.'

'Dus?'

De Rat legde zijn hand op zijn schouder, waar die op vaderlijke wijze bleef liggen. Alles was ontspannen.

'We gaan deze reis afmaken.'

Het laatste beetje schemering werd door de autobus die voor hun neus stopte weggeblazen. Het dorp lag achter ze. Ze waren vrij.

21

Chanel bleef slank door met een manische inzet die alleen pubers kunnen opbrengen weg te blijven van voedsel. 'Het gaat nu hard tegen hard. De lekkere hapjes zeggen: eet me op, tegen mij. Ze zeggen: verslind ons, pak ons.' Voedsel moest als een afgod bestreden worden. Echt fanatiek was ze echter niet, daarvoor hield ze te veel van eten.

Chanel kwam bijna obsessief terug op haar puberteit. Het begin ervan toen, zoals dat in de biologieles werd genoemd, de secundaire geslachtskenmerken doorkwamen. Tietjes. 'Ik zat er echt niet op te wachten. Vanaf die dag begon de scheiding van de jongens.' Dat was ook een reden waarom ze zich zo op haar gemak voelde in de masculiene wereld van Amir. De gespierde torso's, het vulgaire, puberale taalgebruik, de onversneden grappen. Het kon haar niet stoer genoeg zijn, om een muur op te werpen tegen dat hypervrouwelijke, sensitieve en kortstondige waarin zij zich bewoog. 'Hoeveel miljoenen er ook op het spel staan en welke lichamelijke beschadigingen jullie jezelf en elkaar aandoen, jullie verliezen nooit het goede humeur. Een oceaan van innerlijke rust. Ik wil ook zo zijn.'

Terug naar die borsten, naar die eerste jaren: 'Ze eisten mijn aandacht op, ze eisten mijn humeur op, ze eisten de aandacht van de jongens op, ze kwamen als een baksteen door een prachtig glazen huis, het huis waar ik tot dan toe als een prinsesje heerlijk in had geleefd. En ze eisten van me dat ik me ging gedragen naar hun voorschriften. Borsten maken van vrouwen dingen. Ineens ben je in staat om jezelf waar te nemen als een object en het is daar waar ook je ontwikkeling tot vrouw begint, omdat je je lichaam anders kunt zien, als iets wat niet gewoon een gegeven is maar een lustoord, een veilinghal, een kermis. Verleidelijke, aantrekkelijke, begerenswaardige dingen – maar dingen. En met dat besef kwamen er ook verantwoordelijkheden. Er kwam een protocol bij kijken, een manier van doen. Zoals ik het daarvoor deed, bleek in de nieuwe vorm die mijn lichaam had aangenomen niet meer te kunnen.

Mijn vader begon aanmerkingen te maken op mijn jongensgedrag. Hij vond dat het allemaal wat vrouwelijker mocht. Mijn moeder stelde voor dat ik wat meer met meisjes omging. Ze manipuleren je richting perfectie, die ouders. Alles wat vanzelfsprekend was, werd niet meer vanzelfsprekend geacht.'

'Maar je ouders wilden hun dochter toch niet veranderen?'

'Ze veranderden me ook niet. Ze maakten het me juist onmogelijk te veranderen.'

'Bijvoorbeeld?' had hij gevraagd.

'De handstand doen als ik daar zin in had. Of kauwgumbellen blazen. Of gewoon uit mijn neus eten. Spelen. Zonder borsten ben je schattig, met borsten word je afschuwelijk.'

Ze had het allemaal verteld liggend op de bank, met haar hoofd op zijn grote bovenbenen. Hard en koel voelden ze aan. Hij had de hele dag getraind. Thuis wilde hij praten.

'Je bent heel vrouwelijk,' zei hij. 'Wat is er gebeurd?'

'Ik heb het geleerd, zoals jij vechten hebt geleerd. Wat heb ik gehuild.'

Net als hij was Chanel onaangepast, hoe schitterend ze ook was, hoe makkelijk ze zich ook bewoog in het sociale verkeer. Juist die sociale vaardigheid, dat gemak om in te voegen had iets grimmigs. Ze waren als twee voeten die nog nooit het genoegen hebben gesmaakt in schoenen te glijden die volmaakt passen. Blaren die nooit doorgeprikt werden, waar dus gewoon op gelopen werd totdat ze als ballonnetjes leegliepen.

Hij was verliefd op haar omdat ze wist te benoemen wat hij niet benoemen kon, omdat ze iets onder woorden bracht waarvan hij niet eens had geweten dat er woorden voor waren. Het was alsof hij naar een vrouwelijk hologram van zichzelf keek, dat alles belichaamde waarin hij tekortschoot. Maar zij was hem niet, zou hem nooit worden. Het was niet alleen hun geschiedenis die voor de gezonde kloof zorgde waarin het seksuele vuur zich kon nestelen.

'Maar je deed er alles aan om ze op te laten houden met groeien?'

'Mezelf inwikkelen met lappen. Strakke truitjes aantrekken. Ze voor het slapengaan platdrukken. Hielp natuurlijk allemaal niet.'

Hij zag haar in boerka voor zich, afgeschermd, veilig. Een noodverband. Herinneringen aan zijn broer Yassir, die het had over de juwelen die vrouwen moesten bedekken. Met juwelen werd het haar bedoeld.

Haar borsten benadrukten haar slankheid nog meer. 'Ze leken maar te blijven groeien. Er was geen houden aan. Het zijn de borsten van mijn moeder. Het enige positieve wat ik van haar heb.'

De openhartigheid waarmee de sneren naar de moeder werden uitgedeeld. 'Er was toch wel iets aardigs aan haar?'

'Ja, haar afwezigheid. Genoeg over mij. Vertel eens over jouw moeder', en ze pakte zijn hand, bracht die naar haar wang en streek ermee over haar hals, haar oren, haar haar.

'Zij was voor mij de beschaving,' mijmerde Amir. Het mooiste was om samen met haar naar die ene radiozender te zoeken, vertelde hij, die altijd die bepaalde melancholieke oriëntaalse muziek uitzond en dan steevast, als om hen te pesten, van frequentie versprong. Dan liet ze hem de radio vasthouden, terwijl zij als een bezetene aan het ding begon te draaien totdat ze de zender had teruggevonden. Wanneer ze meezong met de muziek, kreeg hij de indruk dat hij de liedtekst had geschreven. Op een dag was de zender uit de lucht. Drie weken rouw. Toen de zender weer terugkwam, had zijn moeder al de beschikking gekregen over schotel-televisie zodat de melancholie bij bakken binnen kon stromen.

'Hoe is het met je zussen?'

'Die hebben alle drie scheikunde gestudeerd en zijn samen een apotheek begonnen.'

'En je broers?'

'Die heb ik niet meer.'

'Wat is er met ze gebeurd?'

'Ze zijn verdwenen. Op een dag stond ik op en was het huis leeg. Iedereen was zijn eigen weg gegaan.'

'Voorgoed verdwenen?'

'Niemand verdwijnt voorgoed. Maar het zijn andere broers geworden. Ze onderhouden een vrouw. Krijgen kinderen. Het zijn mannen geworden.'

'Maar met je moeder ben je goed. Toch?'

Soms dacht hij dat zijn moeder jonger werd in plaats van ouder. Het was iets in haar oogopslag dat hem dat gevoel gaf. Wat hij niet kon verteren, was dat zijn moeders wereld steeds kleiner werd. Misschien was dat wat hij bedoelde toen hij zei dat zijn broers verdwenen waren. De wereld om haar heen raakte ontvolkt, totdat alleen zij nog overbleef met haar melancholieke liedjes die, nu er niemands gedachten mee verstoord werden, zachtjes voor zich uit gezongen konden worden, naargelang haar stemming.

Hij nam Chanel mee naar zijn moeder. Ze zette thee met speciaal daarvoor aangebroken suikerbrood.

'Dat doet ze anders nooit. Ze is echt heel blij je te zien. Ik heb haar al veel over je verteld.'

Ze wilde met Chanel en Amir naar buiten. 'Dat vindt ze prettig. Samen met ons de hort op. Ga je mee?'

Met zijn drieën liepen ze door Amsterdam-Oost, de Dappermarkt op. Zij kende haar weg en Chanel liet zich leiden. Met vier boodschappentassen vol kwamen ze weer thuis.

'En nu?'

'Nu gaat ze voor ons klaarmaken wat we samen met haar hebben gekocht.'

Zijn moeder trok zich terug in de keuken en hij vertelde Chanel over vroeger. 'Ik scheen niet van praten te houden. Tot op de kleuterschool hield ik de kaken stijf op elkaar. Men vond me maar een rare. Totdat ik op een dag werd voorgelezen uit *Rupsje Nooitgenoeg*. Dat boek vond ik zo mooi. Toen wilde ik wel praten. Ik was Rupsje Nooitgenoeg.'

Chanel kwam niet meer bij van het lachen. Het was allemaal zo vertederend om deze reus van een man – ze mocht nooit vragen of zijn fysiek wel alleen maar natuurlijke oorzaken had, of dat de chemie er ook nog een aandeel in had – te horen praten over dat prentenboek dat elk Nederlands kind wel had gezien.

Toen Chanel was uitgelachen, konden ze aan tafel.

'Je moeder kookt fantastisch, wil je haar dat vertellen?'

Ze reden terug naar het appartement. Chanel pakte een glossje uit haar handtas om haar lippen bij te werken. Ze ging op zijn schoot liggen.

'Zo fijn als vanavond heb ik het in tijden niet meegemaakt.'

'Waar zijn jouw ouders?'

'Ze komen eind deze week terug van vakantie. Zuid-Frankrijk. De Provence. Hij drinkt, zij kookt.' Haar ouders konden niet voor zich houden dat ze de omgang met Amir vreemd vonden, vertelde ze.

'Ze kennen je niet,' zei Chanel.

'Kennen ze jou?'

'Ze kennen zichzelf niet. Mijn moeder trouwde met een succesvolle architect omdat ze verlangde naar een rijker leven dan het leven dat ze kende. Ze had dromen. Hebben niet alle meisjes dat?'

'Is dat waarom je mijn geld niet wilt?'

'Ik wil je geld niet, omdat ik geen hoer ben en jij mijn pooier niet.'

'Houdt je moeder van geld?'

'Ze houdt ervan om van een afstandje naar de wereld te kijken om zich daarna naar mij om te draaien om te kunnen zeggen dat die wereld godzijdank de hare niet is.'

Een politiewagen stopte naast hen. Ze keken naar binnen en hij keek de agenten recht in de ogen. Klaar voor de strijd.

'We hebben bezoek, liefje. De jongens met de houten petten.'

Chanel hief haar hoofd op, keek ondeugend naar ze en begon met haar lippen te smakken. Om het af te maken liet ze quasigeil haar tong over haar lippen gaan. De agenten verstarden. Het licht sprong op groen.

'Jij houdt niet zo van politie, hè.'

'Wie wel.'

'We hebben orde en handhaving nodig. Het hoort erbij. Anders stort de samenleving in elkaar.'

'Waar ik vandaan kom is de agent er alleen maar om je leven te verzieken. Iemand die met de politie praat, kan voor eeuwig op onze afkeer rekenen. We willen niks met zo iemand te maken hebben.'

'Dat vind ik overdreven. Net zo overdreven als de manier waarop ze jongens uit deze buurt benaderen.'

'Ze moeten nog veel leren. Maar met verraders wil ik niks te maken hebben. Een kinderlokker geef ik aan. Maar mijn familie nooit. Vrienden nooit. Vrienden van vrienden nooit.'

'Ook niet als hij gemoord heeft?'

'Het is niet aan mij. Ik weet niet wat zijn redenen zijn om te moorden. Recht moet zegevieren in een wereld waarin onrecht heerst. Maar waar is ons recht? Je denkt toch niet dat iemand zomaar een pistool trekt?'

'Niks is zomaar, maar dit klinkt als een klassiek slachtofferverhaal.'

'Wat het ook is, klikken doen wij niet. Wie klikt bestaat niet. Is dood.'

Een maand na het bezoek aan zijn moeder vertelde ze dat haar ouders hadden besloten uit elkaar te gaan. 'Hij heeft zich teruggetrokken in Zuid-Frankrijk. Ze zijn uitgeleefd met elkaar.'

'Wat is er gebeurd?'

'Het ging over mij, over jou. Mijn vader wil niet dat ik nog met jou omga. Hij zal dit nooit zo zeggen.'

'En je moeder?'

'Die noemde hem een xenofoob.'

'Xenofoob?'

'Vreemdelinghater. In Frankrijk was hij op een walgelijke manier over jou begonnen te praten. Ze was zich rot geschrokken. Ik zou door mijn zweet met het jouwe te vermengen de totale degeneratie in de hand werken.'

Van wat ze zei kreeg hij een droge mond, teken dat hij in actie wilde komen. Hij had geleerd om de emoties wat te bedwingen door rustig in en uit te blijven ademen, heel rustig, veel rustiger dan normaal. Een trucje. De woede kon je beheersen door met je adem te spelen.

'Hij was dronken. Hij weet niet beter. Wij zijn nieuwkomers. Er is wantrouwen. Mannen komen na het gevecht naar me toe om me te zeggen dat ik de eerste Marokkaan ben voor wie ze hebben gejuicht. Vertel je vader dat ik een voorbeeldfunctie vervul. We moeten praten.' Hij moest het beter doen.

'Je hebt gelijk. Wil je hem ontmoeten? Zullen we hem verrassen?'

'We scheuren naar Frankrijk en overvallen hem met mocroliefde.'

Ze moesten lachen. Een week later was haar vader overleden.

22

Ochtend in Marokko. De bus maakte vaart en trok een streep door het kale landschap. Achterin sliep bijna iedereen. Een paar reizigers lazen stug door in hun boeken. Hij keek naar Gina. Ze had een tweezitter voor zichzelf. Met haar benen gestrekt en een handdoek over haar gezicht, leek ze ook in slaap.

Amir keek naar buiten. Of het nu kwam door de ochtendkou dat hij zich zwak voelde wist hij niet, wat hij wel wist was dat het te lang geleden was dat hij zich zo voelde, zo kwetsbaar in dit vroege licht. Dus dit was het landschap dat zijn vader had ingewisseld voor dat andere landschap, waar de horizon werd afgedekt door gebouwen, winkels, scholen, maartse buien en ambities, waar de zon echt zijn best moest doen om zijn weg te vinden naar je gezicht. Van het alles naar het niets gegaan; dat moet wel iets met je doen. Zijn vader had zijn kinderen altijd voorgehouden dat ze in Nederland te gast waren.

Amir vond hem te inschikkelijk. Ze waren burgers met dezelfde rechten en plichten als iedereen. Al was dat niet helemaal waar. De wereld moest veroverd worden. Je was burger op papier, vechter in de werkelijkheid. Net als Fernandes geloofde hij maar tot op zekere hoogte in de goede bedoelingen van mensen. Wanneer succes uit onverwachte hoek kwam, werd de adem ingehouden. Eerst zien, dan geloven. 'Wij bruinen moeten de wereld een beetje bijkleuren,' zei Fernandes, en hij somde de mannen op aan wie Amir zich spiegelen kon: Nelson Mandela – hij hield niet op hem erbij te halen –, Carl Lewis de atleet, Miles Davis de jazztrompettist, Mohammed Ali en uiteindelijk ook Obama, de eerste zwarte president van de Verenigde Staten. 'Wat hebben die een hoop ellende moeten overwinnen.'

De kou weerhield mensen er niet van om het veld op te gaan; heel in de verte ontwaarde hij een man, een vrouw, soms kinderen, op weg naar god mag weten waar, een plek waar ze hun verplichtingen vervulden. Het landschap leek ze niet op te willen nemen; stug kerfden zij zichzelf erin. De bus loeide zich een weg door het gebergte. Een open truck tjokvol seizoenarbeiders denderde voorbij, een groepje mensen met textiel voor het gezicht ter bescherming tegen het stof, en verdween uit zicht.

Hoe zou hij het er afbrengen als reisleider? Alle begin was natuurlijk moeilijk, hij moest bewijzen dat hij echt verstand had van de steden en plekken die ze zouden gaan zien. Maar hij was trots dat hij tenminste een eerste stap had gezet. Er kon nog heel veel gebeuren.

Plotseling piepte zijn telefoon. Hij had weer bereik.

Mo: 'Alles kits, vriend?'

Hij schreef terug: 'Ben ok. Bel je later.'

Hij had de afgelopen twaalf uur zeker tien keer gebeld zag hij toen de gemiste oproepen en berichtjes een voor een doorkwamen. Krachtdadige, boze, ongeduldige Mo.

Acht uur geleden:

Bel me even zodra je kan. Ik heb wat informatie van je nodig.

Zeven uur en dertig minuten geleden:

Bel effe. Het loopt hier uit de hand. Media moeten je wel hebben. Ook serieuze kranten. Deze laster gaat te ver. Ga ik werk van maken in de rechtszaak.

Zes uur geleden:

Je belt niet. Fernandes heb ik nieuws over. Niet best. Komt goed. Denk aan je opdracht. Men zoekt je. Ik doe het woord voor je. Moet gebeuren.

Vijf uur geleden:

Zaak gaat nieuwe fase in. Details over slachtoffer komen naar buiten. Hij wil niet praten. Hij kan niet praten. Erg veel letselschade. Gaan we werk van maken.

Drie uur geleden:

Hoe sneller jij belt, hoe sneller ik kan schakelen. Wil wat dingetjes weten. Weet je waar Chanel is? Samen met jou? Nee, toch?

23

Er lag ijs op de fietspaden. Krakend ijs, dat zijn ware aard niet prijsgaf. IJs waar je nooit helemaal aan zou wennen. Een Hollandse ochtend in januari. Midden in het jaar was hij van school veranderd. Uitstekende cijfers, maar de school kon beter. Fietsend door het donker liet hij een spoor van warme wolkjes achter. Verlangen naar ijs deed Amir niet. Hij was er een keer doorheen gezakt; doorweekt tot aan de bovenbenen en met sijpelende schoenen strompelde hij terug naar huis. Zijn moeder kon er niet om lachen. 'Ik stop je helemaal in de wasmachine.' Zijn zussen droogden hem af en zetten hem voor de kachel. Eén keer nog had hij geprobeerd te schaatsen. Met geleende schaatsen van een klasgenoot knalde hij keihard met zijn gezicht op het ijs. Diepe sneden in zijn gezicht tot gevolg, zeven hechtingen. Overal verband. Zijn vader hield op de terugreis van het ziekenhuis krampachtig zijn hand vast. 'Misschien dat het ijs je heeft behekst.' Bij ijs bleef hij voortaan uit de buurt. Wel keek hij er graag naar, omdat het elke keer een andere aanblik bood. Het mooist vond hij het wanneer na een dag sneeuw de wind het over het oppervlak deed opstuiven.

De eerste dag naar de nieuwe school. De fiets was nieuw, de tas was nieuw, de kleding was nieuw; die rook nog naar het folie waar ze in gezeten had. Hij had het gevoel zelf ook nieuw te zijn. Zijn broers zwaaiden hem uit. Vanaf het balkon keek zijn moeder toe hoe hij de tas onder de snelbinders vouwde.

De nieuwe fiets die ervoor zorgde dat hij de eerste dag bijna te laat kwam. Iets wat niet mocht gebeuren, te laat komen! De weg probeerde hem te ontmoedigen. Sneller moest hij trappen, om niet te laat komen, maar ook weer niet te snel, want dan kon hij onderuitgaan.

Bij de poort had hij zich gemeld, de decaan was gekomen om hem naar zijn klas te brengen.

'Jij bent Amir Salim?' vroeg de decaan.

'Ja.'

'Hartelijk welkom op onze school, Amir. Je had een mooie Citoscore, zag ik. Wel heb ik gehoord dat je wat ongedurig bent.'

'Wat?'

'Ongedurig. Nou, ja, geen koe zo bont of er zit wel een vlekje aan.'

'Vlekje?' Hij was toch geen koe?

'Loop je mee?'

Hij liep achter de decaan aan, de grote tas waarin hij voor de zekerheid al zijn boeken in had gestopt loodzwaar met zich meezeulend.

'Als je van leren houdt en je houdt er ook van zelfstandig dingen te doen, dan zul je het hier zeker naar je zin hebben. Hou je van leren?'

Het enige antwoord dat hij te geven had, hield hij voor zich. Hij was dol op leren! Maar dat zo zeggen zou alleen maar tot een soort van verrukking leiden waar hij geen zin in had.

'Ik zal m'n best doen,' zei hij.

De decaan hoorde dat de jongen iets voor zich hield. Ze bleef staan in de gang.

'Je mag er best wel voor uitkomen dat je van leren houdt. Niemand die erop neerkijkt, zolang je het zelf niet wegmoffelt. Het gaat op deze school juist om presteren.'

De deur naar de klas ging open; alle leerlingen waren blij dat de les even onderbroken werd. Wie kwam daar binnen? Een nieuwe leerling, die overdreven net gekleed was. Bruine ogen die wat bleekjes voor zich uit staarden. Het was nog vroeg.

De enige plek die over was in de klas. Het eerste uur op maandagochtend. Biologie. In het klaslokaal stonden opgezette karkassen van landdieren, alsof hij een museum was binnengestapt. Heel anders dan op de vorige school, waar ze niet verder waren gekomen dan een poster van een grizzly. Wat hij zag gaf hem het gevoel dat wat hij hier ging leren niet nieuw was, maar al heel lang lag te wachten om te worden opgepikt. Toevallig was hij nu aan de beurt om het stokje doorgegeven te krijgen, om zich te verbazen over de wonderen van de natuur, de logica van de wiskunde, de onvoorspelbaarheid van de mens in de geschiedenis.

De hele les door was hem de jongen naast hem niet eens opgevallen, omdat hij zo hard probeerde de rest van de les nog mee te pakken. Daarnaast was de jongen rustig, behalve op een moment toen de docent vroeg of ze iets wilden opschrijven. 'Interesseert me niet, interesseert me niet, interesseert me niet.' Drie keer zei hij het, heel persistent, tegen zichzelf, alsof hij daarmee de toverformule had uitgesproken tegen zoveel penetratie van kennis.

De bel ging; iedereen schoot richting zijn tas. Zijn buurman bracht zijn opvallend grote hand, die toch iets weeks had, naar zijn arm om hem tegen te houden. 'Ik ben Mo. Die jongen vooraan, die slaat met zijn rechterhand. Die jongen naast hem trapt graag. Met zijn vuisten kan hij niks. Als zij eenmaal zijn geweest, durven de anderen ook. Ze verdelen de week, elke dag mag iemand anders. Blijf bij ze uit de buurt. Ze moeten ons niet. Als ze ruiken dat je bang bent, schieten ze wakker. Doe vooral niet alsof je mijn vriend bent. Dan komen ze je halen.'

Een dag later, op het schoolplein, zag hij wat Mo had bedoeld. De twee jongens die door hem waren genoemd waren bezig om Mo als een bokszak te gebruiken; ze jenden hem, scholden hem uit. Allemaal ontzettend kinderachtig, als de jongen die rondging niet zo heel erg opzichtig bezig was om zich niet te verzetten. En dat maakte die jongens natuurlijk alleen maar enthousiaster om hem te blijven jonassen; een slappeling, daar lustten ze wel pap van.

Eromheen hadden jongens en wat meisjes een afbakening gevormd, zodat het leek alsof er een arena was ontstaan, waardoor het gejen iets officieels kreeg. Een evenement, iets waar je bij moest zijn wilde je erbij horen.

Amirs reflex was om zijn nieuwe vriend te helpen; een andere gedachte kwam niet in hem op. Zo snel ging het dat er geen tijd was voor de intelligente terughoudendheid die het kenmerk is van alle lafheid. Amir begreep de aantrekkingskracht van dat intimiderende spel niet, hij brak door de linie heen, wurmde zich langs de jongens en meisjes totdat hij zicht had op wat er gebeurde. Hij keek zelfs uit naar wat blauwe plekken, want, zo had hij op de vorige school geleerd, je moest ergens tegenaan lopen wilde je erkend worden. Het ging allemaal heel instinctief, zonder een verfijnde gedachte.

De jongens hielden hun adem in, de meisjes schoten van zoveel bravoure in de slappe lach.

Amir had zijn rugzak tegen een van de jongens geduwd; ze konden hem wat. Toen kwam de conciërge tussenbeide – te laat, zoals gewoonlijk, want die man had natuurlijk van achter een raampje staan toekijken hoe het zich allemaal ontwikkelde. Amir keek hem bij het binnengaan niet eens aan, sloeg wel zijn arm om Mo heen. Drukte zijn hoofd tegen zijn schouders.

Vriendschap zou Amir het niet eens meteen noemen, ze waren door de omstandigheden naar elkaar toe gebracht en tot elkaar veroordeeld. De leerlingen die tegen hen samenspanden leken wandelende tralies die bij elke beweging die ze maakten precies daar gingen staan waar hun uitzicht het meest belemmerd werd. Wat doe je dan? Je hangt aan elkaar vast maar, nog meer, je keert naar binnen. Daar was die vriendschap dan wel heel goed voor: omdat het er zo stil was, omdat ze niets te bewijzen hadden, konden ze goed in zichzelf turen, er een heel lange verrekijker in steken om de diepte van de schacht te meten, om te zien of het licht wellicht daar ergens nog scheen, al was het zwak. En dat licht vonden ze. Voor Amir was dat het licht dat rijkelijk de dojo binnen scheen. Voor Mo was dat het licht dat scheen wanneer hij zonder al te veel moeite de puzzelstukjes die wiskunde heetten op elkaar liet aansluiten.

Mo, die werd geplaagd om de linnen tas waarin hij zijn huiswerk droeg. Nooit eerder had Amir zo'n ambitieus vuur gezien als bij hem. Waar kwam dat vandaan? Op een dag had Mo een stapel glossy tijdschriften gevonden, met interviews met bekende Nederlanders, zakenmensen, personen die het in de samenleving hadden gemaakt. Wat ze uitstraalden was lekkere arrogante autonomie – en voor lastige zaken hadden ze een advocaat. Sommigen van hen hadden zelf rechten gedaan. Hij zou ook rechten gaan studeren. Hij wilde weten waar hij recht op had. Hij wilde ook over dat zelfbewustzijn beschikken. Het enige wat hij daarvoor moest doen was leren zijn gehaastheid te onderdrukken. 'Wat goed groeit, groeit langzaam,' wist hij. Mo was de boeken in gedoken, daarin zag hij de weg naar succes. Hij was er heilig van overtuigd dat wie het strafrecht kende, de wereld aan zijn voeten had.

Amir trainde, Mo las wetboeken in zijn vrije tijd. 'Ik ben me aan het voorbereiden op het hbo. Als ik daar m'n diploma heb, kan ik doorstromen. Ik werk met een langetermijnplan. Net als jij. Wij zijn niet zo stom als de rest. Niet zo ongeduldig.' Mo was kritisch over hun generatiegenoten, soms op het denigrerende af. 'Lamzakken die niet beter weten of hun vader is onderdeel van het bankstel, wat voor motivatie kan je daaruit halen? We moeten onze eigen vrijheid bevechten.'

Amir vond de school weinig soeps: de kinderen deugden niet, het waren allemaal clubjes in clubjes, en als je tot de kern was gekomen dan vond je daar een inschrijfformulier voor een volgend clubje. Ze zaten op voetbal, tennis, ballet, dwarrelden door de bossen, gingen op skiles, en moesten vaak kiezen tussen vader of moeder, wat bij sommigen trouwens tot vele geoorloofde absenties leidde. Te klef voor woorden.

Daarnaast waren alle leuke meisjes, dus de meisjes die al met wat materiaal om de dijen en borst naar school waren gekomen, veruit in de minderheid, wat betekende dat ze zo verwaand konden doen als ze zelf wilden. Waar die meisjes al die handige maniertjes hadden geleerd om de aandacht te trekken wist hij niet, maar ze deden het verdomd goed. Het talent leek te ontbotten met de toename van hun lichaamsgewicht. Maar, zoals gezegd, dat waren er maar enkelen. Het aantrekkelijkste meisje zei bovendien op een dag dat hij stonk naar uiensoep, dus zij had voortaan zijn haat, niet zijn aandacht. Als ze nu mooie wollige truien aantrokken waar hij met zijn hand overheen kon gaan, maar zelfs dat niet. De rest behoorde tot de categorie studies maar dom, muurbloem maar rottend. Daar had hij helemaal geen aandacht voor. De jongens waren middelmatig; waarden als kameraadschap, oprechtheid en opkomen voor zwakkeren, al was het maar uit plichtsbesef, leken ze niet te kennen. Iedereen ging, zoals hij het zag, gewoon voor zichzelf. Ze waren onderkruiperig naar de docenten en spookten van alles uit zodra ze hun kans schoon zagen. Ze keken op de leraren neer en de leraren durfden niet eens terug omlaag te kijken om de balans te herstellen.

Orde werd niet gehouden, leren was voor de dommen als je kennis ook kon kopen. Wie niet met de juiste telefoon of bontkraag werd gezien, kon het helemaal schudden. Amir wilde weg. Naar een echte leerschool. Het leven in. De straat op. In die volgorde.

Een half jaar later werd Amir van school gestuurd. Hij was vijftien jaar.

'Je bent toch wat te ongedurig gebleken,' zei de decaan. 'Snap je niet dat dit het einde van je school kan betekenen?'

Maar Amir wist de waarheid. Ze waren bang van hem. Ze waren bang voor zijn rechtvaardigheidsgevoel. Sinds hij met Mo optrok konden ze hem niks meer maken.

'Als ik ongedurig ben, wat zijn de anderen dan? Verraders. Lafaards. Klootzakken.'

'Maak het nou niet moeilijker voor jezelf, met dit taalge-bruik.'

'Kan me niet schelen.'

'Was het nou echt zo nodig om het hoofd van Gijs in de toiletpot te duwen?'

Gijs was gewaarschuwd. Hij had de mentor verteld wat de jongens Mo aandeden onder zijn aanvoering. Steeds op-nieuw waren ze teruggekomen om hem het leven zuur te maken. Het moest stoppen.

'Wat ze met Mo doen is pas echt erg.' Hij had er de woor-den niet voor om zijn zaak krachtiger onder woorden te brengen. Op de nieuwe school zou alles beter gaan.

'Maak het jezelf niet moeilijk, Amir, dan kan je nog wel-eens heel ver komen. Echt. Maak het jezelf niet te moeilijk.'

Met de tas onder de arm liep hij het schoolplein op, waar Mo hem opwachtte.

'Blijf je op deze school? Het zijn allemaal verraders.'

'Ik red me wel. M'n vader is geweest. Ze gaan zich wel ge-dragen. Ze zijn bang dat je altijd voor me zult opkomen, ook wanneer je op een andere school zit.'

'Tot ziens.'

'Op een dag ben ik advocaat en dan zal ik jou kunnen hel-pen.'

'Deal.'

Op de andere school ging niets beter. Hij verzuimde de lessen. Hij worstelde zich door het jaar. En toen hij eraf mocht, was hij tevreden over de weerstand die hij had gebo-den. Ze noemden hem een pestjoch. Prima. Het voelde goed. Laat mij maar pesten.

24

Ze reden de stad in die een knooppunt was voor alle reizigers naar Marrakech, naar de Sahara en naar het noorden. Hier zouden ze over moeten stappen. Amir voegde zich bij de chauffeur om de rest van de reis te bespreken.

'U heeft geluk gehad dat ik er reed. Zo vaak kom ik niet in die streek. Wat had u daar te zoeken?' zei de chauffeur.

'De reizigers zijn van het avontuurlijke soort. Ze willen iets spannends.'

'Nou, welkom in Marokko, zou ik zeggen.'

Het had elke provinciale stad in Marokko kunnen zijn. Er was een markt waar de boeren uit de omgeving hun oogst kwamen verkopen. Er waren wat taxi's. Wat bussen. En drie cafés in de hoofdstraat. Snel wegwezen hier.

De chauffeur vroeg wat zijn verdere reisdoel was.

'Marrakech. Rijdt u ons?'

De chauffeur wuifde met zijn handen. 'Daar ga ik niet naartoe. In Khenifra, dat op driehonderd kilometer ligt, ga ik van de route af, ' zei hij. 'Ik moet vandaar weer terug naar huis. Ik heb vrouw en kinderen. Morgen begint het weekeinde. Genoeg gereden.' Hij gooide zijn sigaret weg, pakte zijn pakje en bood Amir er een aan. Amir bedankte. Geen tabak voor hem. Vernietigde het lichaam.

'Waar woont u zelf?'

'Casablanca. De witte stad.'

'Als ik u nu beloof dat ik u inhuur tot het einde van de reis en we afscheid van elkaar nemen in Casablanca?'

'Ik heb geen vergunning voor het rijden van toeristen. Daarnaast zou ik deze bus aan de kant moeten zetten om een toeristenbusje te vinden. Te veel gedoe. Heb ik geen zin in.'

'Is een vergunning een obstakel?'

'Als ze me pakken dan hang ik. Het is hier niet als vroeger, toen je maar wat kon aanrommelen.'

Amir werkte niet graag met twijfelaars; dat kostte te veel energie en verstoorde de verhouding in een groep van mensen die wel iets wilden. Plannen was niet aan dingen hoeven denken.

De bus reed het stoffige buitenstation binnen, waar stadstaxi's – Fiatjes – en regiotaxi's – Mercedes 240 Diesels – zij aan zij stonden. Aan het einde van het plein stonden de wat grotere bussen. De luxebus van vervoersbedrijf CTM was al naar Marrakech vertrokken, vertelde de chauffeur. 'Die aansluiting haal ik bijna nooit.'

'Dank je wel. Dan gaan we er hier uit.'

Amir nam het stapeltje bankbiljetten uit zijn binnenzak om hem te betalen. Hij deed er tweehonderd dirham bij voor de moeite. 'We vinden onze weg wel.'

Hij verzocht de reizigers naar buiten te gaan, hun spullen te pakken. Zelf wilde hij Fernandes bellen. Wat had Mo bedoeld met ernstige schade? Maar toen hij zijn mobiel weer inschakelde, viel die dood. Bereik weg. Wat nu?

Blijkbaar had de groep inmiddels het volste vertrouwen in

zijn leiding, want niemand vroeg naar het hoe verder van deze reis. Aan de overkant was een café met een groot terras; uitstekende plek om de tijd te doden in afwachting van een briljant idee. Bij Amir daalde in dat hij het goed had verprutst met de chauffeur. Door zo direct te werk te gaan had hij de trotse man voor het hoofd gestoten. Ze staken de weg over.

'Wie wil er koffie?' vroeg Amir. Alle handen gingen de lucht in. 'Natuurlijk, jullie blijven Hollanders.'

Het grapje doorbrak het laatste beetje spanning dat er was, merkte hij. Hij zag dat ze zich bevrijd voelden van stress, nu ze weer in de bewoonde wereld waren. Ze keken met frisse ogen naar de voorbijtrekkende marktkooplui, de vrouwen met hun kinderen op de rug en de Mercedessen die over de hoofdweg richting het achterland vertrokken.

Het stadje was omringd door een rotsketen. Hier leken ze veilig. Het reizigersgevoel kwam weer terug. Er werd druk met elkaar gepraat, er werden boeken uitgewisseld – hoe deze mensen in een schuddende bus zo snel konden lezen was hem een raadsel – en hij merkte dat er ook met een andere blik naar hem werd gekeken nu ze hier waren. Het laatste beetje reserve waarmee ze hem bejegenden – het zou onmogelijk zijn verdwenen als hij hen niet uit de penarie had weten te halen – gleed nu van de gezichten af. Zoals ze daar zaten, en hij kon een zekere vaderlijkheid in zijn blik niet onderdrukken, waren ze groter, sterker en opener dan eerst. Door de ontberingen die ze hadden doorstaan, daar in Stisj 'N Tizi, hadden hun gezichten iets doorleefds gekregen, een voorlopig dieptepunt werd een hoogtepunt, een incident werd een relaas, een flater werd een levenservaring, en hij begreep daar, op dat moment, alleen aan een tafeltje met een kopje koffie dat hem was gebracht, dat reizen niet lineair was, maar juist een kronkeling moest zijn, over een weg vol gaten en hier en daar een stremming om er echt diep in weg te zinken.

Hij dronk, hij mijmerde, hij plande een uitweg uit dit stadje waar sinds de laatste marktgangers hun heenkomen hadden gezocht de rest van de dag echt niets meer te beleven zou zijn.

Om de chauffeur mee te krijgen in zijn opzet had hij hem veel meer moeten paaien, besefte hij. Gestoken in een warm verhaal waarin hij de rijkunst van de chauffeur centraal stelde, had hij tussen neus en lippen door dat bod moeten doen. Dan zou alles goed gekomen zijn. Nu zat hij hier te wachten op de welwillendheid van het toeval.

Gina kwam tegenover hem zitten. 'Voor een beginneling doe je het best goed,' zei ze.

Net als haar vader hield ze ervan om uit te dagen. Wat herkende hij veel in haar. Hij wilde zijn best doen het aanzien van haar vader voor haar te herstellen. Voornemens die werden gemaakt ter voorbereiding op een nieuw leven. Hij zou moeten verdwijnen uit Amsterdam. Misschien naar België. Of Scandinavië. Finland; daar kwam het geweld van de rest van de wereld maar mondjesmaat door. Of was het hoogmoed van een man op de vlucht dat hij al dacht aan een leven na zijn straf?

'Wat ben je aan het dagdromen. Soms lijk je op een wolk te zitten. Alleen toen je met je telefoon in de weer was, leek je scherp. Ja, ik keek naar je. Ik ben nieuwsgierig naar je geworden, dat mag je best weten. Volgens mij ben je snel afgeleid. Dat maakt je niet lelijk hoor, maar ik vraag me wel af wat je denkt. Je bent een man van wie ik heel graag wil weten wat hij denkt en misschien, als je interessanter wordt voor mij, wat je voelt. Hoe je voelt.' Ze boog zich naar hem toe. 'Je mag me wel vasthouden als je daar zin in hebt. Gewoon even knuffelen. Na een maand zonder fysiek contact heb ik daar ook wel behoefte aan.'

'Wil je niet naar huis?'

'Waar ik liefde vind is mijn huis, sukkeltje', en ze barstte in een lachen uit dat de omstanders zo aanstekelijk vonden dat ze om geen andere reden dan haar blije gelaat meelachten. Iedereen lachte, behalve Amir.

Een tweede ronde van thee en koffie werd klaargemaakt en gebracht. Daar zaten ze, in groepjes met elkaar te praten, net als hij nog in het ongewisse over wat komen zou. Ezels balkten en aan de overkant scharrelde een groepje ooievaars. Om de paar minuten stoof een vrachtwagen voorbij. De tijd begon te dringen, ze moesten echt gaan vertrekken om voor het vallen van de avond in Marrakech te zijn. 's Nachts reizen was uit den boze op deze wegen. En over een paar dagen moesten ze terug naar Nederland. Wat te doen? Weggaan met alleen Gina kon niet. Er zou gebeld worden naar Nederland om zijn identiteit te achterhalen. Nee, hij zat nog wel even goed in Marokko. Rustig de zaken op een rijtje zetten. Met deze mensen nog naar Marrakech, en dan door naar Nederland. Hij hoefde zich niet te haasten. Naar huis... en dan? Hij moest Fernandes te spreken zien te krijgen.

Toen Amir vast afrekende binnen, kwam een van de reizigers naar hem toe gelopen, een van de pensionado's. 'Die buschauffeur van daarnet is terug,' zei hij. 'Hij wil met je spreken.'

De ooievaars waren gevlogen, zag Amir. De bus stond stationair te draaien, de man lachte naar hem. 'Drink uw koffie op en kom mee. Ik ben veel te lang niet in Marrakech ge-weest.'

Hij kreeg zijn tweehonderd dirham terug; het was te vroeg voor een fooi.

25

Nadat ze een half uurtje gereden hadden, piepte zijn telefoon weer – blijkbaar duurde het Mo te lang, het haalde hem uit zijn sluimering: 'Waar ben je, oude vechtstier? Zeker in het mooie Marrakech? Bloemetjes buitenzetten, terwijl hier de hel is losgebroken?!'

Amir boog voorover naar het raam en hield zijn hand als een schelp over de telefoon om het snerpende geluid te dimmen.

'Ik zit in de bus naar Marrakech.'

'Marrakech? Ken geen betere stad om verliefd op te worden. Marrakech, de blijmoedige, zoals ze haar noemen.'

'Heb je nieuws? Van Fernandes?'

'Nee man, ik krijg hem ook niet te pakken.'

Nadat hij van school was gegaan, hadden Mo en hij elkaar een paar jaar niet gezien. Het afstudeerfeestje was het laatste fysieke contact. Doordat hun beider carrières in een stroomversnelling kwamen, hadden ze geen van beiden tijd om zich weer op elkaar te bezinnen. Amir raakte Mo's nummer kwijt en Mo liet ook niets van zich horen. Het was toch niet omdat hij het zich als advocaat niet kon veroorloven met hem om te gaan? Daar hadden topadvocaten die hij op de televisie zag voorbijkomen geen last van. Sommigen rekenden criminelen tot hun vriendenkring en koketteerden ermee. Echte seks deden de mensen liever veilig, maar voor de rest neukte iedereen met iedereen in dit land.

Via Facebook hadden ze elkaar kortgeleden weer gevonden. 'Snel afspreken. Doen!' Mo had hem meegenomen naar een chic restaurant in de Van Baerlestraat. Amir dronk geen druppel en keek toe hoe Mo het ene glas wit na het andere wegtikte om daarna een fles rood te bestellen, die hij voor de helft soldaat maakte. 'Drinken is hard werken. De eerste drie jaar was ik altijd misselijk. Daarna nooit meer ergens last van gehad.' In één teug door vertelde hij zijn succesverhaal. 'Neem een derde Spong, een derde Moszkowicz en een derde mijn sluwe grootmoeder en je krijgt mij.' Sinds hij zijn praktijk als strafpleiter had geopend, stroomden de klanten toe. 'Vooral van die drugsjongens uit Amsterdam-West. Alles mond-tot-mond, hè. Ik begrijp hun cultuur, of doe alsof ik het begrijp. Eerst denken ze: wat moet die Marokkaan voor me betekenen? Ze hebben liever een blanke of een Jood, maar als ze eenmaal met mij in de rechtszaal zijn geweest willen ze geen ander meer. Ze noemen me de Studiebol, grappig dat waar ik ooit mee gepest werd nu een geuzennaam is geworden.' In het restaurant had Mo de belofte die hij Amir als jongen had gedaan nog eens herhaald. 'Je manager zal wel een uitstekend roedel juridische bloedhonden om je heen hebben verzameld, maar mocht je ooit eens in de penarie komen dan kan je bij mij terecht. Ik sta bij je in het krijt.' Een geheugen als van een olifant, hart zo klein als van een wasbeer. In zijn fonkelnieuwe Porsche 911 Turbo ('mezelf cadeau gedaan toen ik het tiende kutmarokkaantje voorwaardelijk vrij kreeg') scheurde hij weg.

Ook nu kwam Mo snel to the point. 'Effe heel snel. Per

direct stel ik mijn diensten aan je beschikbaar. Dit is een herhaling van het aanbod. Je moet het nu zeggen. Iedereen praat over je, niemand weet waar je bent. Ik vertel natuurlijk nooit iemand wat. Dat snap je wel. Wat ik wil zeggen, is dat je een advocaat nodig hebt. En ik wil die advocaat zijn. Je hebt tijd genoeg gehad om erover na te denken. Doe je het of doe je het niet?' snerpte hij. 'Ik kan je helpen. Het is een kwestie van eer. Als je een andere advocaat neemt, zou dat voor mij een klap zijn. Ik sta als mens en als advocaat honderd procent achter je. Al mijn cliënten zijn wanhopig als ze bij mij komen, ik maak ze rustig. Ik help ze. Met sommigen doe ik aan yoga, anderen neem ik mee naar de bikram, met weer anderen ga ik een potje schaken. Hoort er allemaal bij.'

'Wat weten de media,' vroeg Amir.

'Dat je behoorlijk tekeer bent gegaan in die Amsterdam ArenA. Er vol op in gegaan. Wat is gesignaleerd, is dat je met een theedoek in je handen stond. Die zul je wel functioneel hebben gebruikt. De kranten staan er vol van. Vanavond gaan ze op de televisie los over je. Het is niet de minste die je een revalidatietraject in sloeg. Bekende zakenman, multimiljonair, kwade dronk en veel snuiven. Het roddelcircuit is nooit te beroerd het journaille van vrij interpreteerbare suggesties te voorzien. Ik wil dan ook dat er DNA wordt afgenomen van die theedoek, en dat er wordt gekeken naar cocaïnesporen, want als het klopt dat die man duidelijk onder invloed was toen hij jou welbewust intimideerde, dan hangt Barbertje. Gewoon geen fijne man. Kreeg berichtjes van kennissen uit het wereldje die opgelucht riepen dat het goed was dat een mocro hem eens een lesje leerde. Maar jij kan dit niet gebruiken. Hij moet wel iets heel naars hebben gezegd. Of over je moeder, of over je vriendin. Of allebei. Wat moet je ook zo laat op zo'n domme party, waar het alleen maar draait om pijpen of gepijpt worden? Ik hoorde dat het er stikte van de graatmagere, statusgeile fotomodellen. Wat moet je op zo'n plek? Excuse my French. Maar als ik vragen mag, want ik ben ook in je geïnteresseerd als vriend: wat doe je eigenlijk precies daar in Marokko?'

'Ik ben reisleider. De dochter van Fernandes was vermist. Ze bleek ergens in the middle of nowhere te zitten met een groep reizigers. Ik heb ze opgepikt. We zitten nu in de bus naar Marrakech.'

Aan de andere kant van de lijn brak een kakellach los.

'Geweldig. Meneer is reisleider. Wat een stunt! Heel, heel slim, ouwe vos. Jij kan niet alleen vechten, je kan ook schaken. Wat bedoel je precies met die dochter?'

Amir legde het uit.

'Dit is meesterlijk. Ik begrijp nu waarom je me niets wilde uitleggen in de auto naar Zaventem. Top secret, en zo.'

'Fernandes is als mijn broer. Ik hecht aan mijn familie.'

'Een meesterlijke stunt om jezelf op te werpen als mensenredder. Daar kan ik straks in de rechtszaal heel wat kanten mee op. Snap je? Je sloeg iemand neer, maar dat betekent nog niet dat je een monster bent. Integendeel, je menselijke kanten zijn nog nooit zo aanwezig geweest als nu. Iets anders: je was op de party na je partij eerder die week tegen die Japanner. Die je vrij makkelijk won. Maar ik zag op beelden dat je tegenstander toch behoorlijk op je afkwam.'

'Dat is normaal. Niks ergs aan. Daar train je op.'

'Kan wel wezen, maar wat als ik nou tegen de rechter zeg dat je door herhaalde stoten op het hoofd een tikkeltje afwezig was, dan gooien we het op ontoerekeningsvatbaar. Je had professionele schade aan het hoofd waardoor je niet helder kon denken. Geloof me, dat scheelt wel hoor, in de straf. Straf krijg je sowieso. Daar zul je rekening mee moeten houden. Maar ik wil je uit de bak houden, zodat je snel weer kan gaan trainen en partijen winnen voor volk en vaderland.' Weer die kakellach. Een advocaat die genoot van het spel dat zijn aanstaande veroordeling losmaakte.

De stem van Mo werd zachter, empathischer, alsof hij de verwarde, stekelige gedachten van Amir kon lezen. 'Luister, we gaan er later wel goed bij stilstaan.' Erop mediteren. Waar het de komende dagen om draait, is de beste strategie uitvogelen om jou hieruit te redden. Weet je Gijs nog, die jongen die me zo pestte? Dat is de broer van je slachtoffer. Alex D'Ami. Wist je dat? Dat geloof je toch bijna niet? We krijgen nu onze kans om onze gram te halen. Laat me dit alsjeblieft doen. We pakken hem bij de strot om hem daarna langzaam dicht te knijpen totdat hij geen kik meer kan zeggen.'

'Jezus, Mo, waar heb je het over? ik heb wel wat anders aan mijn hoofd.'

'Beste vriend. Het toeval wil dat ze broers van elkaar zijn, en dikke broers ook. Ze delen zakenbelangen in allerlei met juridisch listige constructies opgetuigde brievenbusfirma's. Het gaat te ver om daar nu op in te gaan. Jij zit in de shit. Ik ben er om je te helpen. Maar om een lang verhaal kort te maken komt het erop neer dat een mogelijke veroordeling van zijn broer ook voor hem grote consequenties zal hebben. Dat het de broer van is, motiveert me tot op het bot. Dat ik jou mag verdedigen is een verplichting. Dat die twee elkaar in deze zaak gaan raken, maakt dat ik het leukste beroep in de wereld heb.' Alsof een vechter zich mentaal aan het oppompen was voor de strijd.

'Hier hebben we al die jaren voor gestudeerd, gevochten en afgezien: om op een dag op die plek te komen waarin wij eventjes stiekem aan de touwtjes mogen trekken en er nog mee wegkomen ook. Puur onversneden pootje haken wordt het. Kom op, Amir, geloof me!' Toen werd de verbinding verbroken.

26

Nu ze weer zo makkelijk door konden steken naar Marrakech kon de stemming in de bus niet meer stuk. Er werd niet meer gelezen. Men was vooral op elkaar betrokken. Met de opluchting kwamen ook de verhalen los. De buitenwereld waarvoor men zo ver had gereisd en waarvoor een behoorlijk bedrag was neergeteld om hem te betreden werd even terzijde geschoven opdat men elkaars binnenwereld kon delen. Dat kwam er plat gezegd op neer dat foto's van kleinkinderen en kinderen werden bekeken en, hoewel dit onuitgesproken bleef, vergeleken. Men praatte daarnaast voluit over de landen die men had bezocht, de smaken die men had geproefd en de calamiteiten die men had ervaren. Hoe dikker de duisternis werd die naar de weg kroop, hoe sneller en hoger de stemmen schalden door de bus.

Amir in de tussentijd kon zijn ogen niet van de geconcentreerd naar het asfalt turende chauffeur houden. Was het nooit de bedoeling van de rijder geweest om afscheid van hem te nemen, en had de reserve alleen maar gediend om zijn onderhandelingspositie te verbeteren? Maar waarom had hij geen geld gevraagd? Er was nauwelijks onderhandeld. Of was de chauffeur vertrokken om na een half uurtje vol gewetenswroeging over zijn botheid terug te keren en zijn diensten aan te bieden? Hoe het ook zij, in geen lange tijd had Amir zich zo gedesoriënteerd gevoeld, zonder aanknopingspunten en zonder richtingsgevoel. En zo alleen.

De Rat kwam naast hem zitten. Amir werd een beetje nerveus van de Rat omdat hij helemaal niets zei, alleen maar voor zich uit keek. Het was namelijk een fantastisch moment voor de Rat om hem in de hoek te drukken, nu de algehele stemming zo opgewekt was. Hem om de oren te slaan met wat er allemaal niet deugde. Hem paternalistisch te bejegenen met alle tekortkomingen in zijn aanpak.

Van tegenstanders met een grote mond raakte hij nooit geïntimideerd; hoe harder ze brulden, hoe sneller ze knockout gingen. Het waren de stillen die hem verontrustten. Die wiegden hem in slaap.

'Dat is de arganboom,' zei de Rat toen ineens, en wees naar buiten. 'Hij groeit alleen in dit deel van Marokko en nergens anders. Van de noten wordt olie gemaakt en die schijnt heel goed te zijn. De olie wordt medicinaal gebruikt, in de keuken en om de huid mee te verzorgen. Zulke bomen met zoveel opbrengsten voor de mens hebben mijn hart.'

'Altijd goed om een specialist in bomen en planten aan boord te hebben.'

'Mijn grootvader was tuinder, alles wat groeit en bloeit heeft mijn interesse.'

Het was voor het eerst dat Amir van de arganboom hoorde.

'Wat ik zo bijzonder vind, is dat deze boom er op het eerste gezicht heel eenvoudig uitziet. Schijn bedriegt. Zit er ook niet iets van een arganboom in jou?'

Amir keek naar de arganbomen. Hij sloeg de boom op. De eerste arganboom in zijn leven.

'Je bent ook geen typische reisleider, dat zie ik zo. Je bent anders dan de anderen.'

'Wat is een typische reisleider?'

De Rat lachte. 'Alle andere reisleiders die ik heb gehad.'

'Kennen sommigen van jullie elkaar al van hiervoor?' vroeg Amir.

Weer lachte de Rat. 'Nee, we hebben elkaar hier leren kennen. Achterin zit Martin, bijvoorbeeld. Hij was jarenlang directeur van een groot schoonmaakbedrijf, maar dat heeft hij moeten verkopen. De belasting zat achter hem aan en hij had geen zin in rechtszaken. Via een slimme juridische constructie deelt hij nog mee in de winst. En daar maken hij en zijn vrouw lange reizen van. Eén procent-reizen, noemt hij het zelf. Hij had veel Marokkaanse werknemers in dienst die hem als ze terugkwamen van vakantie overlaadden met cadeaus uit het vaderland. Dat maakte hem nieuwsgierig. Uit welk land komen die mensen, vroeg hij zich af. Marokko heeft zo'n indruk op hem gemaakt dat hij niet begrijpt waarom Marokkanen ook naar Nederland zijn gekomen. Een tikkeltje naïef van hem om dat te vinden, zou je kunnen zeggen, maar ook wel mooi.

Naast hem zit Els, die reist voor het eerst zonder antidepressiva. Ze is de afgelopen jaren bang geworden voor de wereld waarin ze leeft nadat ze op een avond overvallen werd door een stel jongens. Zou je niet zeggen als je haar ziet, die stoere Rotterdamse.' Els was inderdaad tanig. Ze droeg als enige vrouw geen bergschoenen maar zachte sandalen, want met bergschoenen maakte je geen contact met de grond, had ze tegen Amir gezegd. 'Er is nog iets anders aan Els. Haar familie was fout in de oorlog. Ze heeft onderzoek gedaan naar haar familie om erachter te komen of er toch niet iemand was die niet fout is geweest. Helaas, ze waren allemaal fout. Verraad, oplichten en frauderen – de gelegenheid maakte de dief. De familie heeft zich zó verrijkt dat ze na de oorlog weinig tot niks meer hoefden te doen. Ik weet waar Els bang voor is: dat ze net zo fout is als haar familie. Dat het genetisch is. Daar zou toch iedereen van aan de antidepressiva raken? Vorig jaar ontving ze een erfenis van een oudoom. Ze wist dat hij fout was en dat het nagelaten kapitaal in malafide praktijken is verworven, maar kon de erfenis niet weigeren – daarvoor was het bedrag te groot. Door het te accepteren is het kapitaal in goede handen gekomen, terwijl het accepteren ervan haar als persoon een beetje fout heeft gemaakt.'

Amir antwoordde niet. Hij keek naar buiten. Net als je dacht waar bleef ie nou, verscheen hij: de maan.

'Ben je niet geïnteresseerd in het verhaal van je reizigers? We worden toch een soort kleine familie. Aan het einde van de rit weet je meer van elkaar dan van het land. Dan ben je zo met elkaar verbonden geraakt dat je op een gegeven moment niet meer weet of wat je voelt wel van jou is of niet toevallig aangestoken door de ander. Omdat je er later bij bent gekomen, zal ik je bijpraten.'

Het landschap was al kilometers lang inwisselbaar. Elektriciteitsdraden die als snotdraadjes aan de bergen hingen. Over een paar minuten zouden die aan het zicht onttrokken zijn. De duisternis viel hier als een klap op tafel in. Hoe meer de Rat hem vertelde, hoe meer hij verbonden zou raken met deze mensen. De volgende stap was dat hij zelf ook moest gaan praten. Amir had geen zin in zijn spelletjes.

'Een stoel achter ons zit Anja. Lerares op een middelbare school in Groningen, waar ze vooral klassen met probleemjongeren heeft. Raakt er maar niet over uitgepraat, alsof ze al die kinderen zelf heeft gebaard. Zo'n type dat zonder brandend schuldgevoel niet goed weet hoe te leven en te doen. Ze is ook de jongste van ons allemaal. Haar vriend of partner, of metgezel zoals ze hem zelf noemt, heeft ze achtergelaten in Holland. Marokko is voor haar een manier om het land van veel van die probleemkinderen beter te leren begrijpen.

Dan zitten daar voor haar Ronald en Maria, die begin zeventig zijn en uit het zuiden des land komen. Vergis je niet in ze, zij zijn zo taai als een paardenzweep. Over paardenvlees gesproken: tot voor kort waren ze in de vleesverwerkende industrie werkzaam. Winstgevende handel. Ze kochten geslachte paarden in, die als kalfsbitterballen de fabriek verlieten. Schatten van mensen. Geven veel geld aan charity, dat weet ik omdat ik hun naam weleens heb horen rondzingen in het wereldje van de goede doelen. Al die paarden die voorthinniken in onderwijsprojecten op Sri Lanka en god weet waar ze hun geld aan hebben weggeven. En niks luxehotels en resorts, maar veel wandelen en met de *locals* op pad – hun ongedwongen toon siert ze. Zijn verwoede lezers, muziekliefhebbers, wat doen ze allemaal niet... O, ja, zij heeft borstkanker gehad. En hij is een zaadbal kwijt. Toch zie je het niet aan ze af. In dat dorpje waar we zaten waren zij de enigen die zich terugtrokken voor een wipje. Haha.

En dan is er nog Gina, die zich later bij ons aansloot. Antropologe, wat betekent dat je graag wroet in vreemde culturen. Van haar weten we heel weinig. Net als van jou, eigenlijk. Dat is niet erg. Vroeg of laat gaan mensen in een reisgezelschap praten. We hebben allemaal een verhaal dat we kwijt moeten. Het is een wet.'

Met die woorden stond de Rat op om zich bij zijn echtge-

note te voegen, die achterin in gesprek was met een reisge-
noot. Het gesprek had hem tot onderdeel van de groep
gemaakt. Was hij tot dit moment een aangenomen reisleider,
overtuigend in woord en daad, door de geheimen die de Rat
hem had verteld, was hij als het ware in de groepsdynamiek
geweven. Of hij wilde of niet.

27

Niet alleen Amir was slaperig toen ze aankwamen in Marrakech. De aanblik van de rode stad schudde hen uit hun sluimer. De ondergaande zon en de nagloed van het Atlasgebergte zetten de middeleeuws aandoende kantelen en muren in lichterlaaie, zodat er geen ontsnappen was aan haar aantrekkingskracht. Mensen op straat kregen in de straatverlichting die aan schoot iets aangenaam spookachtigs, alsof ze schimmen waren in een stad die zelf ook een schim was, waar alles in het grote kon verdwijnen. Een stad die van niemand was. Een stad die verlangde dat je contact met haar maakte. Deze stad had hij willen bezoeken met Chanel, om er de bloemetjes buiten te zetten. Je had dit moeten zien, Chanel. Ik had deze stad voor jou besteld, dacht hij.

Tot drie keer toe had hij tickets willen boeken voor de trip naar Fez en Marrakech samen met haar. De eerste keer stak ze er zelf een stokje voor door hem op zijn verjaardag mee naar Berlijn te nemen. 'Als je ook maar iets betaalt, dan doe ik je wat aan,' dreigde ze. De tweede keer werd hij door zijn manager teruggefloten voor een persconferentie die hij had ingelast om zijn nieuwe sponsor bekend te maken. Het werk ging voor het meisje. De derde keer zou volgende week zijn. Dan was het de bedoeling geweest dat hij met haar deze stad zou aandoen om het leven in volle glorie te leven.

In haar modellentijd was ze alleen in de Marokkaanse woestijn geweest; steden had ze niet aangedaan. De kleuren van het land hadden haar nieuwsgierig gemaakt. 'Ontvoer me naar je harem, o, machtige sultan,' plaagde ze hem. Hij liet haar de erkenning zien die hij van de overheid had gekregen. Een certificaat waarop in Arabische letters zijn naam was geschreven gevolgd door een hulde-uiting die zij natuurlijk niet kon lezen. 'Maar ik ga Arabisch leren, dan kan ik ook lezen wat er op de couscousverpakking staat.' Ze voelde zich aangetrokken tot Marokko omdat ze dacht dat ze veel van wat ze niet begreep aan hem wellicht kon plaatsen als ze hem in zijn moederland zag. 'Misschien dat ik je tics dan beter begrijp?'

'Welke tics?'

'Je bent soms even afwezig. Waar zit je dan? Met wie praat je?'

'Ik ben rustig. Een man heeft recht op zijn rust.'

'Je lijkt wel van beton. Gehypnotiseerd. Door wat?'

'Ken je de djinns?' vroeg Amir.

'Wat?'

'Boze geesten en goede geesten. Ze beheersen het leven. Ze staan tussen ons en de engelen in.'

'Heb ze nog niet gezien.'

'Ze zijn overal.'

'Ook als je vecht?'

'Daar niet, er is maar plek voor twee vechters en een scheidsrechter. Maar ze zijn er. Ik vraag mijn moeder altijd te bidden dat de djinns me gunstig gezind mogen zijn.'

'Ben je zo bijgelovig?'

'Het werkt. Als mijn moeder dat voor me doet kan ik niet verliezen.'

'Waar beschermen de djinns je tegen?'

'Fernandes en ik staan onder zware druk. Mensen op hoge posities met veel macht, geld en aanzien gunnen ons het succes niet. We moeten keihard werken om onze droom waar te maken. Soms heb ik een djinn nodig om me richting te geven, dan luister ik naar hem.'

'Nooit een zij?'

'Je hoeft niet jaloers te zijn. Nooit een zij.'

'En wat zegt de djinn?'

'De djinn zegt dat de onzichtbaren alles hebben, maar geen geloof. Het gaat ze alleen maar om de materie, om de winst, om het aanzien. Maar ze geloven nergens in. Fernandes en ik geloven wel ergens in. Blije gezichten. Mensen gelukkig maken.'

'Je klinkt wel heel positief voor iemand die mensen in elkaar slaat.'

Amir had haar verteld over de incidenten in de discotheek. Hij was geen lammetje. Als hij zich moest verdedigen dan deed hij dat. Sinds hij iets met haar had kwam hij liever niet meer in het uitgaansleven. De blikken maakten hem nerveus.

'Daar waar veel mensen zijn, tiert het boze oog. Ik wil er niet door gezien worden.'

'Wat ben jij bijgelovig zeg.'

'Luister naar me, ik leef niet in een veilige wereld zoals die van jou, waarin alles tot in de puntjes is geregeld. Waar ik leef is onzekerheid, angst en lopen slechte mensen rond met slechte bedoelingen. De djinns kunnen we wel gebruiken.'

'Als jij een djinn nodig hebt, dan respecteer ik dat.'

'Ik wil niet dat je er grapjes over maakt, de djinns zullen me straffen.'

Hij stopte iets in haar hand. 'Een zakje zout dat ik van

mijn moeder heb gekregen met de opdracht het aan jou te geven. Ze is heel erg bang dat het boze oog jou zal treffen. Noem haar geen simpele vrouw. Ze voelt dingen.'

'Jij bent wel hecht met je moeder. Je neemt alles wat ze zegt heel serieus.'

'Dat is omdat alles wat ze heeft gezegd is uitgekomen.'

'Ook dat je op een dag met een ravissante blonde vrouw zou thuiskomen, die nergens in gelooft?'

'Dat je in niks gelooft maakt je nog geen ongelovige.'

'Ik geloof in jou. Je geeft me het gevoel dat het leven lang is. Ik ben minder kortademig in jouw buurt. Daar geloof ik wel in. Je goedheid.'

'Goede krachten trekken slechte aan. De djinns beschermen ons ertegen.'

Ze kwamen aan, ja; maar in welke stad kwamen ze eigenlijk aan? Zo vlak voordat het donker werd, werd alles vol en doods en de kleur die het aannam was rood. Aan de einder – hij wees er de reizigers op – waren de witte kuiven van het Atlasgebergte te zien, de enige kleur die scherp contrasteerde met het rood waarin het landschap baadde. Een stad die je opnam om je nooit meer los te laten. Om verkoeling te brengen in de door Marrakech opgewarmde bus gooide de opgewekte chauffeur de deuren open. Zo hard gingen ze niet meer.

'Een plaatje, deze stad,' kirde een reiziger.

'Het is veel mooier dan ze thuis vertelden,' zei een ander en zo ging het verder met de oeh's en ah's, die in niets verschilden van de Japanse, de Russische en de Amerikaanse oeh's en ah's die deze stad toevielen. Niets had ze voorbereid en door zo openlijk hun verbazing te laten blijken voor wat ze ondergingen, want de beeldenovervloed was zo overweldigend dat zien beleven was geworden, gaven ze de stad het grootste compliment dat ze krijgen kon.

In Amir kwam iets tot stilstand; het rusteloze, jachtige dat hij van nature had liet zich maar al te graag temmen. Rood als een bloedsinaasappel. Het rood balsemde hem. Troostte hem. De dadelbomen maakten het plaatje helemaal af. Vintage Exotisch. Ervan genieten, daar mocht zijn hoofd niet naar staan want hij had zoveel te regelen, sinds hij het pak van de verantwoordelijkheid droeg hield zijn brein niet op lastige vragen te stellen, en toch zat hij met open mond te kijken, net als de andere reizigers. Het kind in hem maakte jubelsprongen.

De reizigers drukten hun neus tegen de ruit, vol opwinding over wat deze nieuwe wereld hun voorschotelde. En met de bewondering raakte het doorstane leed in de vergetelheid. Iedereen kwam woorden tekort voor deze mengeling van vierkante minaretten, stadsmuren die werden overwoekerd door de gulzige, vrouwelijke vormen van het gebergte, de sierlijke minaret van de Koutoubia-moskee die waar je ook keek leek op te doemen, waarna de bus hortend en stotend door het drukke verkeer ook door het moderne Marrakech reed. Overal stond bewegwijzering, viel Amir op, alleen een blinde zou hier het historisch centrum mislopen.

Met een schok kwam de bus tot stilstand. Flauwe, door de Atlas afgekoelde lucht zweefde naar binnen.

'Misschien zou je in dit hotel kunnen kijken? Het is op een steenworp afstand van het centrum en ze maken de boel goed schoon,' stelde de chauffeur voor. 'Ik ken het niet zo goed als ik zou willen. Het is vrij luxueus.'

Amir liep naar binnen om te onderhandelen over de prijs

voor kamers. Volpension en geen kakkerlakken. 'Want daar zit niemand op te wachten. Ik niet, mijn gasten niet en jij ook niet,' zei hij tegen de man achter de receptie. Gelukkig waren er kamers genoeg. Hij betaalde met een van de vijf credit-cards die hij had. American Express. Visa. Mastercard. Een Japanse bank. Betalen met een Nederlandse bankpas deed hij niet. Dan zouden ze hem kunnen traceren – de politie of de onzichtbaren. Met de Japanse kaart zou het hopelijk wat langer duren.

Een half uur later was iedereen binnen met zijn rugzak en vermoeidheid, waren de kamers verdeeld en had eenieder zich teruggetrokken. Om in te checken hadden ze hun identiteitsbewijs af moeten geven. Amir maakte zich er met een smoes van af. Hij was zijn identiteitskaart vergeten, maar dat kon een nachtje in het hotel toch niet in de weg zitten? Helemaal niet met deze grote groep mensen. Bedremmeld gaf de hoteleigenaar aan voor deze keer een oogje dicht te knijpen. 'Noem me maar Yassin,' zei Amir.

Na een snelle douche ging hij als eerste in de lobby zitten wachten op de reizigers voor het restaurantbezoek. Om de tijd te doden nam hij door wat hij van hen had opgepikt in de bus, wanneer ze even het lezen staakten om met elkaar te praten over de reis. Morgenvroeg stond het historisch centrum op het programma. Iedereen wilde het beroemde Djemaa el Fna-plein zien, met zijn goochelaars, slangen-bezweerders en verhalenvertellers.

De chauffeur zat ook in de lobby, te roken alsof zijn leven ervan afhing. Zo zonder de reizigers konden ze even met elkaar praten.

'Je moet die buitenlanders echt verwennen, als je maar een minuut te laat bent, beginnen ze al te mekkeren.'

'Ik doe mijn best.'

'Je Arabisch klinkt grappig,' zei de chauffeur. 'Waar kom je vandaan?'

'Nederland.'

'Ik heb een neef in Nederland. Abdelali.' Hij keek Amir aan alsof hij verwachtte dat hij hem kende.

'Die ken ik helaas niet.'

Nog voordat de teleurstelling kon toeslaan, had de chauffeur alweer een nieuwe vraag.

'Doe je dit al lang?'

'Af en toe.'

'Je bent de grootste reisleider die ik ooit heb gezien,' zei de chauffeur en drukte zijn sigaret uit in de asbak. 'Je lijkt op die Marokkaanse vechter. Alleen ben jij iets kleiner. Maar goed, we hebben allemaal recht op onze privacy. Wat kan het mij schelen wat je in je vrije tijd doet.'

Zijn telefoon ging. Fernandes? Nee, Mo. Buiten kon hij rustig met hem praten.

'Zaken,' zei hij tegen de chauffeur en liep naar de overkant van de straat, waar hij de verlichte kamers kon zien die de reizigers hadden ingenomen. Het was er inderdaad rustig. Op een paar taxi's na verkeersluw. Onthouden dus, dit hotel.

'Mo?'

'Ha, boef.' Waar haalde Mo de gekmakende energie vandaan om hem steeds weer aan te spreken alsof ze nog op het schoolplein stonden, terwijl zijn situatie zo precair was? Het moest iets te maken hebben met de snelheid waarmee een gedreven advocaat nu eenmaal schakelt. Een gestoord beroep was het ook. Zoveel misdadigers verdedigd, zo vaak gewonnen. Dat maakte je geen minder mens, wel een gestoord mens.

'Is er nieuws?'

'Het goede nieuws is dat iedereen over je praat. Het slechte nieuws is dat iedereen over je praat. Maak je borst maar nat als je straks hier bent. Geloof me, ik ben tweehonderd procent op je zaak bezig. Gisteravond zat ik al in de eerste talkshow om het volk kond te doen van de laatste ontwikkelingen rond jouw precaire toestand.'

'Talkshow? Ben jij in een talkshow gaan zitten om over mij te praten?'

'En of. Meer dan een miljoen kijkers hebben het verhaal van de kleine Amir Salim gehoord. Ze weten nu net zoveel van je als je moeder, minus alle intieme details natuurlijk. Ik heb ze verteld hoe je bent opgegroeid in Amsterdam-Oost, hoe onze vriendschap zich ontwikkelde en hoe aardig en lief je was voor iedereen in je buurt. Wat ik zeker niet heb nagelaten te vertellen is dat je drie hardwerkende zussen hebt, die alle drie keihard hebben gestudeerd en het tot farmaceutisch specialisten hebben geschopt. Ook heb ik verteld hoe belangrijk je broers voor je zijn. Gisteren heb ik een van hen gesproken. En wat hij me vertelde was dat je pas Nederlands leerde praten nadat je uit *Rupsje Nooitgenoeg* voorgelezen was. Ongelofelijk! Wat kan er schattiger zijn dan dat? Hoe kan een jongen die de wereld ontdekte door *Rupsje Nooitgenoeg* ooit een vlieg kwaad doen? Snap je hoe belangrijk dat detail kan zijn voor de beeldvorming bij het grote publiek? Het geeft ons een keiharde voorsprong op de aanklager, die alles op alles zal zetten om van jou een monster te maken, daarbij geholpen door de schunnige media, de roddelbladen en alle Marokkanenhaters. Hebben we eens een goede Marokkaan, blijkt het een mepper te zijn. Nee hoor, die goede Marokkaan is nog steeds een goede Marokkaan. Hij is veel

Nederlandser dan jullie denken. Hij leerde de Nederlandse taal dankzij *Rupsje Nooitgenoeg*. Hij is zoals jullie! Je had dat gezicht van die talkshowhost moeten zien toen ik aan die stamtafel die autobiografische anekdote zo eventjes op tafel gooide, dat illustrerend door mijn meegenomen exemplaar van *Rupsje Nooitgenoeg* open te klappen. Vertedering heeft een naam, zijn naam is Amir Salim!'

'Mo, mijn reizigers willen gaan eten. Ik moet gaan. Dat je mijn hele biografie te grabbel gooit zou ik alleen een vriend vergeven. Gelukkig ben jij mijn vriend. Nooit meer kan ik een gevecht aangaan, zelfs niet als ik in ere word hersteld, omdat niemand een vechter wil die zijn vrijlating aan een rups te danken heeft. Maar goed, ik snap het... Het gaat om meer dan een gevecht.'

'Klopt, het gaat om je leven!'

'Dus ik accepteer dat jij de regie over mijn leven in handen hebt genomen. Ik hoop alleen dat je voorzichtig bent. Mijn familie kijkt mee, zij krijgen dit ook op hun bordje.'

'Snap ik, snap ik, daarom heb ik ook je moeder opgezocht vandaag. Alles uitgelegd. Ze moest huilen natuurlijk, maar ik had lekkere nootjes bij me. We hebben die samen opgegeten. Ze doet je veel groeten. Het zou geweldig zijn als ik haar voor de camera kon krijgen om te vertellen over hoe ze jou als jongeman aan het vechten heeft gekregen.'

'Je gaat me toch niet vertellen dat mijn moeder je dat heeft verteld?'

'Dat was wat je moeder zei. Zo vol angst en woede zat je van alles wat je op school overkwam dat je in bed plaste. Ben je het ook niet met me eens dat dit kleine detail heel wel belangrijk zou kunnen zijn in je verdediging? Luister, we moeten de publieke opinie overtuigen. Het is niet meer zoals vroeger. De veramerikanisering heeft ook in de rechtspraak doorgezet. Als ik dit pleidooi op televisie kan houden, dan heeft dat een effect. De maatschappij accepteert niet dat een bedplasser die keurig netjes zijn belasting heeft betaald de bak in gaat. Die gruwelijke klappen had je nooit moeten uitdelen, maar we kunnen wel wat doen aan het inkleuren van de man die achter die klappen zat. Dat was op dat moment die avond geen vechtmachine maar een kwetsbare, trotse jongeman die met zijn beeldschone vriendin op weg was om nieuwe vrienden te maken.'

Amir hapte naar adem, hapte nog een keer naar adem. Mo ging wel heel snel.

'Je gaat niet vertellen dat ik een bedplasser was.'

'Dan moet je me ten minste vertellen wat D'Ami tegen je zei dat die corrigerende tik uitlokte. Wat zei hij tegen je? Ik weet dat je het haast niet uit je strot kan krijgen, zo verschrikkelijk racistisch, grof, onmenselijk was het. Wat zei hij?'

Zijn reizigers waren naar buiten gekomen, zag hij; logisch, want het was warm binnen en koeler buiten. In deze duisternis konden ze hem nauwelijks zien. Tijd om ze op te zoeken.

'Dat komt later wel. We bellen', en hij hing op.

28

Met zijn krachtige uitstraling, mediterrane kop en vlotte babbel was Amir in de loop der jaren een professioneel bedrijf geworden. Hij was een naam, een merk. Hij was, zoals Fernandes wist te vertellen, 'de allereerste vechtsporter van deze eeuw die zijn naam kan inzetten voor vreedzame doeleinden, en dat is een hele prestatie'. Fernandes was van plan hem binnenkort in te zetten als ambassadeur voor een prestigieuze goededoelenorganisatie. Welke wist hij nog niet, maar dat kwam vooral doordat de keuze zo ruim was. 'Iedereen wil je hebben. Oxfam Novib wil met jou naar de bezette gebieden. Orange Babies wil je Rwandese baby's laten knuffelen. Ali B heeft samen met Unicef een project lopen in een Roemeens weeshuis waar ze hiphop- en sportlessen geven. Het idee is dat je daar met Ali B een kerstnummer opneemt dat ze dan vlak voor de feestdagen bij DWDD presenteren. Omdat de wielrenner Michael Boogerd vanwege zijn onthulde dopingverleden door het Ronald McDonald Huis is gedumpt, is daar ook een heel prestigieus plekje vrijgekomen. Ook interessant met het oog op de Verenigde Staten.'

Terwijl Fernandes werkte aan het positioneren van zijn naam, was hij ook continu bezig de belangen terug te dringen van derden die in Amir vooral een vechtmachine zagen die naar believen geëxploiteerd kon worden. Om volledige autonomie te bereiken was het zaak om te werken aan een nieuwe onderneming waar naast Amir als absolute ster gearriveerde en veelbelovende vechters ondergebracht konden worden. Om dat te bereiken moesten nieuwe vechters worden gecontracteerd en bekende vechters worden geïnviteerd om samen met hen het project aan te gaan. De agressieve, intelligente manier waarop Fernandes de boel opschudde, kon niet anders dan kwaad bloed zetten bij partijen die vele tonnen hadden geïnvesteerd in accommodaties, televisierechten en vechters. Fernandes ging voor een nieuwe, schone sport. 'En of die klootzakken met hun wurgcontracten het nu willen of niet, we moeten ze het mes op de keel zetten. Maar eerst gaan we jou op een leuke manier in de markt zetten. Alles is imago.

Het mooie van jouw verschijning is dat mensen onder de indruk zijn wanneer ze je zien en meteen ook een zekere sympathie voor je voelen. Mensen zullen hun best doen om bevriend met je te raken. Zelfs zo ver zullen ze gaan dat ze hun weerstand tegen elke vorm van contactsport, of om het maar plat te zeggen geweld, op zullen geven in de hoop daarvoor van jou waardering te krijgen. Een onderzoekje dat is gedaan met proefpersonen bracht aan het licht dat jouw verschijning, zelfs wanneer je je kwaad maakt, toch eerder vergeven wordt dan bijvoorbeeld die van een bekende talkshowhost die wanneer ze wordt aangehouden voor alcoholcontrole door het lint gaat. Je hebt wat we noemen een hoge gunfactor. Voeg daarbij dat je er natuurlijk verdomde goed uitziet en ook verbaal goed uit de hoek komt, dan biedt dat heel wat commerciële vooruitzichten.'

Het was waar: als mensen hem in een zaal zagen zitten,

zochten ze, hoe groot hij ook was, automatisch contact met hem. Hij was de persoon naast wie je ging zitten, omdat je voelde dat het weleens een heel leuke avond met hem kon worden, zelfs als hij niet de pias ging uithangen of de grootste mond had. Wat ze natuurlijk overwicht noemden. Het was de onbekenden die hem op afstand hielpen ook opgevallen, had hij gehoord van zijn manager.

'Iedereen komt automatisch naar je toe. Terwijl je er niks voor hoeft te doen. Je maakt dat mensen door contact met jou te maken voelen dat ze bestaan. Weet je wel hoe bijzonder dat is,' zei de manager. Hij keek hem aan met de blik van iemand die zich afvraagt of al het hooggestemde dat hij te vertellen heeft wel begrepen zal worden. Paarlen voor de zwijnen gooien, daar had de manager geen zin in. Geen tijd voor, ook.

'Waar haal je al die wijsheid vandaan?' vroeg Amir hem.

'Ik zou liegen als ik zei dat ik het allemaal zelf verzonnen heb. Een bureau dat gespecialiseerd is in *branding* heeft gratis en voor niks – zo graag willen ze je als toekomstige klant – onderzoek gedaan naar jouw naamprofiel en dit is wat er onder andere uit is gerold. Wat ze me ook meegaven is de waarde van je naam. Die komt neer op een, houd je vast, honderd miljoen, uitgesmeerd over een periode van tien jaar. Dit is het basisbedrag, hè. Daarin is dus alles meegeteld, hè. Commercials. Muziek. Film. Apps. Trainingsprogramma's. Om die reden heb ik je naam gepatenteerd, want je begrijpt dat er kapers op de kust zijn. Jij bent een van die sporters voor wie na de actieve carrière het leven pas echt begint.'

Met Fernandes droomde hij er bovendien hardop van kickboksen op de olympische agenda te krijgen. 'De Aziaten hebben we zo mee, het is tenslotte hun sport,' legde Amir de tactiek uit aan Chanel. 'De Arabieren heb ik op mijn naam mee en het doet ze daar wel wat dat ik voor Marokko ben uitgekomen. Afrika komt daarna. Als we de Brazilianen meekrijgen, dan is de rest van Latijns-Amerika ook om.'

Hij had meer dromen. Als hij in zijn Porsche Cayenne naar zijn moeder reed zag hij jongens met namen die deuren deed dichtslaan, hij had een naam die deuren opende. Het sentiment klom via de voorruit over zijn voorhoofd richting ruggengraat, daar waar de inspiratie vandaan leek te komen. De Salim Academy in Amsterdam-Oost, voor veelbelovende jongeren die een deur naar de toekomst willen openen. Dat was de volgende stap. Hij had charisma. Hij had geld. Hij had aanzien. Hij moest zijn buurt helpen. Het was zijn plicht.

De Japanners waren er als de kippen bij geweest om Amir te omarmen. Die waren echt dol op hem. In Tokio viel hem een warmte ten deel waarvan hij vroeger niet had kunnen dromen dat die bestond. Een vreemd soort toewijding, die iets waanzinnigs had.

Na afloop van een wedstrijd had hij in de ruimte waar de sponsors waren een automannetje dat aan hem werd voorgesteld gezegd dat er ook best wel een autootje gemaakt mocht worden. 'Hij moet wel ten minste zo groot zijn,' voegde Amir eraan toe, en hij spreidde zijn brede grote armen zo wijd mogelijk.

Ze hadden geglimlacht, die Japanners, en toen was vertaald wat hij had geopperd, schertsend, waren ze in lachen uitgebarsten – zo vaak lachten ze niet – en hadden hartstochtelijk geknikt, wat ze al helemaal niet vaak deden. Ze trokken zich onmiddellijk terug, wat ze überhaupt nooit eerder hadden gedaan.

De eerstvolgende keer dat hij ze terugzag, hadden ze een auto voor hem. Toen de spierwitte wagen hem werd gepresenteerd, barstte hij in tranen uit. Hij deed geen moeite om het te verbergen, want hij wist dat niets van de kwetsbaarheid die hij toonde zou uitlekken naar het vijandelijk kamp. De Japanners vonden het geweldig, maar waren zo kies om het niet te fotograferen. Wel was de wagen veel kleiner dan hij had gedacht. Je kon ermee in een muizenhol parkeren. De 1.1 motor was net genoeg om een heuveltje mee te nemen.

'Deze wagen zal elke Japanse huisvrouw gaan kopen. Die willen toch allemaal een beetje van jouw kracht voelen,' fluisterde iemand hem in het oor. Een stem die hij niet eerder had gehoord, die hem snel en helder duidelijk maakte hoeveel van die wagentjes er gemaakt gingen worden, hoe groot het campagnebudget was om ze aan de man te brengen en hoeveel hij eraan ging verdienen. Een van die vele onzichtbaren die hem terzijde stonden. Die kwamen en gingen, die alle talen van de wereld spraken en ervoor zorgden dat hij niets tekortkwam.

Maar toch. Het succes maakte ook iemand in hem wakker van wie hij had gedacht dat die allang voorgoed verdwenen was. Er zat een hongerige, beetje luidruchtige persoon in hem, die elke keer wanneer hem iets niet zinde vreselijke ophef begon te maken. In tegenstelling tot die stemmen uit de buitenwereld was dit een stem die van binnen kwam. Die stem sprak heel wat rauwer, was opdringerig en arrogant.

Wie die stem precies was en waar hij vandaan kwam, wist Amir niet. Hij ging verborgen in het schimmenrijk van de dromen, soms meende hij hem in zijn slaap heel in de verte te zien. Toch niet. Fata morgana.

Misschien had hij hem altijd met zich meegedragen; een inhuizige bewoner die van tijd tot tijd zijn aanwezigheid kenbaar maakte. Dat was ook een djinn, een van die naargeestige, listige wezens die in de sprookjes van Duizend-en-een-nacht opduiken om de grootste verlangens van een mens waar te maken of hem juist van het padje te doen raken. Hangt ervan af in welk sprookje je zit. Maar waar de djinn in de sprookjes vooral een aanwezigheid was die de boel wat opstookte, was hij voor veel mensen in zijn omgeving een echte aanwezigheid. De djinn in hem werd gevreesd. Hijzelf vreesde de djinn niet, maar wist wel dat ie er was. Die mengeling van Amirs maakte hem soms onrustig.

Deze djinn was brutaal en zat vol emotie. Altijd uit op alles of niets. Geen middenweg. Die djinn was niet zo snel tevreden. Die djinn wilde alles, om het daarna zomaar ruimhartig te kunnen verspelen.

29

In een traag wandeltempo liepen ze na het eten over het beroemde plein, de vegetariërs voorop, want die hadden altijd
energie over, terug naar het hotel. Daar nam hij een douche
en vouwde zich op in het kleine hotelbed.

Hij had moeite om in slaap te vallen omdat hij bleef nadenken over wat hij de volgende dag met ze ging doen hier.
In de *Lonely Planet Morocco* had hij wel wat ideeën gezien,
maar hij had het nog niet helemaal op een rijtje.

Het duurde heel lang voor hij sliep.

Er werd op de deur geklopt. Hoe laat was het? Nog geen
ochtend. Voor hem stond – alweer – de Rat.

'Gina is ziek geworden.'

Het was het eten natuurlijk. Geen sterke maag. De stress.
Ze moest zo nodig naar Marokko, omdat je als twintigjarige
single echt niet meer op de camping gezien kon worden. Ja,
dan kreeg je dit.

'Kan het niet wachten? Er wordt altijd wel iemand ziek,'
zei hij tegen de Rat. Wanneer hij vroeger op trainingskamp
ging met Ton: vlak voor de wedstrijd werd hij ziek. Van hard
trainen werd je ziek. Soms werd je zelfs ziek omdat je te
weinig trainde.

'Zeg tegen haar dat ze diep onder de dekens moet duiken. Morgen zal het beter gaan.'

En daar moest de Rat het maar mee doen. Amir wilde net de deur dichtgooien, toen hij besefte dat hij iets stoms had gedaan. Hij boog zich uit de deur om hem terug te roepen.

'Vraag haar zich aan te kleden.'

Hoe kon hij zo stom zijn zich midden in de nacht van zijn slechtste kant te laten zien? Ze zouden hem doorkrijgen, vragen stellen, naar Nederland bellen om hem daarna, in een soort van ondervraging, te confronteren met de vraag wie hij nou eigenlijk was. En wat moest hij daarop zeggen?

Hij trof haar aan in de lobby. Amir liet een taxi bellen.

'We gaan een dokter voor je vinden.'

'Wat heb je?'

'Maagpijn. Ik kan niet tegen het eten.'

'Het was inderdaad nogal gekruid. Ben je vegetariër?'

'Ik ben zo bang dat het bedorven is. Ik haal me te veel in m'n hoofd, dat zei Vos ook altijd.'

'Wie is Vos?'

'Mijn ex-vriend. Het begon als neukvriendje. Hij werd al snel meer dan neuken. Het werd een echt vriendje. We begonnen over dingen te praten. Studie. Ambities. Toen wilde hij over zijn dromen praten. Niet wat hij had gedroomd na het neuken, maar dromen over wat hij wilde doen in het leven.'

'Je taalgebruik is stevig.'

'Vind je het erg?'

'Iets minder neuken mag wel.'

Fernandes lette altijd op zijn taalgebruik. Nooit vloeken, nooit vulgair, altijd u en meneer en mevrouw. Van Fernandes had hij geleerd dat door te laten zien dat je de taal serieus nam, je het leven zelf serieus nam. Zijn dochter was van een andere generatie. Meer vrijheid, minder zorgen. Opgevoed door een moeder die het allemaal wat minder nauw nam met de etiquette. Ook zo'n woord dat hij van Fernandes had opgepikt. E-ti-kette. Je zei het niet zoals je het las.

'Ik zal erop letten, in ieder geval gaat het hierna minder over neuken, want we werden verliefd. De Whatsapp stroomde over, het leek wel Romeo en Julia, klere. Het was zo heftig dat we niet eens meer toekwamen aan een stevig potje...' Hij zag dat ze zich inhield om haar reisleider niet voor het hoofd te stoten. '...vrijen.'

'Waren jullie lang samen?'

'Wat is lang?'

'Lang genoeg?'

'Drie maanden.'

'Dat is niet lang.'

'Het was de beste tijd van mijn leven. Elke keer als ik me droevig voel of zin krijg in een joint lees ik de appjes terug, dan hoef ik niet meer, zo bedwelmd raak ik ervan.'

'Waar is die Vos nu?'

Praten leidde de aandacht van de pijn af, wist hij; Ton had hem heel goed bij de les kunnen krijgen wanneer hij tussen twee ronden opgelapt werd. Met zijn korte, krachtige statements bracht hij hem weer terug in de staat waarin hij moest zijn: stabiel, gefocust, hongerig.

'Hij is op reis gegaan. Hij had ruimte nodig.'

'Waar is hij heen?' vroeg Amir. 'Je vriend.'

'India.'

'Daar stikt het van de mensen.'

'Maar dat zijn mensen waar je gewoon naar kan kijken, alsof het figuranten zijn in een film. Dat is anders.'

In de echte wereld was alles anders. Die echte wereld waar mensen over spraken en waar alles net een tikkeltje anders gebeurde dan hij had gedacht. Je wilde dichter bij jezelf komen – je ging naar overbevolkt India. Om mensen te ontmoeten boekte je een dure reis naar Marokko, want dat deden die andere mensen op zoek naar contact ook.

'Waarom zijn jullie uit elkaar gegaan? Het klonk heel goed. Er was liefde. En jullie vreeën lekker.'

'De relatie beknelde hem.'

'Een relatie die na drie maanden al knelt?'

'Dat kan toch?'

'Niet in mijn wereld.'

'De wereld is zo groot. Er zijn miljarden werelden. En elke wereld stelt zijn eigen regels en wetten. Marokko is toch ook geen Nederland.'

'Maar ik weet zeker dat zowel in Marokko als Nederland drie maanden voor een relatie weinig is.'

'Zou kunnen. Maar dat maakt niet uit, want als ik eraan terugdenk voelt het als een eeuwigheid. De eeuwigheid met de dood erin, snap je? Wat is jouw langste relatie?' vroeg Gina.

'Als ik van iemand houd, dan is dat voor altijd.'

'Ook als je uit elkaar bent?'

'Juist als je uit elkaar bent.'

'Je kan elkaar toch haten.'

'Ik haat niemand. Niet eens mijn ergste tegenstander.'

'Ben jij verliefd op iemand?'

Amir antwoordde niet. Hij keek naar buiten, waar de ene na de andere taxi haast maakte om passagiers op te pikken.

'Ben je er nog,' porde Gina hem. 'De taxi is er.'

Amir herpakte zichzelf. Ze liepen naar buiten. De taxi

wrong zich door het nachtelijke verkeer. Dichter bij het ziekenhuis werd het drukker. De hele wereld leed aan slapeloosheid.

De taxi zette hen af bij de intensive care, waar een verpleegster Gina meenam voor controle. Amir bleef achter in de wachtruimte, waar hij om de tijd te doden wat met zijn mobiele telefoon speelde. Het fotoarchief ging open. De laatste foto's die Chanel van hem had genomen tijdens en na de laatste wedstrijd. Een foto van haar met Fernandes. Hij moest hem bellen. Niemand nam op. Hij kon Fernandes altijd bellen. Hij nam altijd op.

De telefoon ging over. Mo. Weer geen Fernandes. Hij had geen zin in de waterval van Mo, maar wist dat hij hem nu niet kon negeren.

'Sorry dat ik je zo laat bel. Marrakech in de zomer is heet. En je zal al veel aan je hoofd hebben. Slangenbezweerders, tovenaars, acrobaten die voor een paar dirhams in de brandend hete zon mensen proberen te vermaken. Ik sympathiseer met die lui. Ze werken hard, verdienen weinig en het afbreukrisico is groot. Maar ik heb slecht nieuws. Over je manager. Hij is neergeschoten, dader onbekend. Was op weg naar zijn auto, die blauwe Porsche Panamera. Hij had hem op de Beethovenstraat geparkeerd, waar hij een bank was binnengelopen. Op weg naar buiten werd hij neergeschoten door een koppel op een zwarte scooter. De daders zijn spoorloos. Die liggen nu in Spanje op het strand. Loon naar werk. Fernandes ligt op de intensive care. Ik ben er meteen heen gegaan. Die man is er slecht aan toe. Hij is van dichtbij geraakt, het waren geen amateurs die ze op hem af hebben gestuurd. Hij heeft veel bloed verloren. Ze weten niet of hij het gaat redden.'

Amir voelde zijn hart wegzakken. Fernandes? Zijn vriend. Zijn brada. Zijn sahbi.

'Hoe bedoel je, Fernandes neergeschoten?' zei hij. 'Hoe...?' De onzichtbaren, schoot het door zijn hoofd. Zo werden de wegen afgesloten. Een hindernis opgeworpen. Moord als zakenoptie.

'Ik vind het heel erg voor je, gozer. Maar er is iets wat nog veel erger is. Ze verdenken jou. Jij bent op de vlucht, jij kende hem, jullie waren allebei op die party. Het is dus een opzet van iemand die de ontstane situatie naar zijn hand weet te zetten. Iemand achter de schermen die probeert hier een slaatje uit te slaan. Ik weet dat je in een onstuimige bedrijfstak opereert. Afijn, jij doet waar je goed in bent. Een kantoorbaan was sowieso niks voor je geweest. Maar je snapt nu wel dat er een derde partij is die alles op alles zal zetten om jou uit de weg te ruimen. Denkelijk ben je wat te groot geworden voor de industrie, jouw succes overschaduwt wat te veel de ego's van anderen. Dat zet kwaad bloed. Zoeken naar een duidelijke dader heeft op dit moment totaal geen zin. Je kan zeggen dat de hele wereld achter je aan zit. Gelukkig heb je een goede advocaat.

Luister, het is allemaal klote, maar ik zit erachteraan, ik regel het. Ik moet nu opschieten. Zorg jij maar dat je gauw thuiskomt. Mocht je nog iets te verrekenen hebben met je vriend dan zou ik niet te lang wachten. O ja, en zeg niets tegen die dochter, hoor je? Wie weet wat daar voor paniek van komt, en dat kunnen we niet gebruiken. Ik bel je later.'

En toen hing hij op. Het bordje NOODUITGANG flikkerde. Het lampje was aan vervanging toe.

Gina kwam tevoorschijn, ze hadden haar in een rolstoel laten zitten. Het was niet nodig, maar het was service van het huis. De zuster gaf Amir de pijnstillers die Gina moest slikken. De komende dagen moest ze rustig aan doen. Wat moest hij haar zeggen? Dat haar vader zich op dit moment ook in een ziekenhuis bevond, in aanmerkelijk slechtere conditie?

'Is dat niet lief?' zei Gina. 'Ik hoef geen antibiotica te slikken. Wel arganolie, dat schijnt veel natuurlijker te zijn en goed voor de maag.'

'Ik ben blij dat je je beter voelt.'

'Het komt door jou dat ik me goed voel. Je blijft altijd rustig. Niks kan je van je stuk brengen.'

Amir zei niets. Hij probeerde alleen te glimlachen, het ging moeizaam. Wat kon hij haar vertellen? Je bent je vader kwijt?

'De laatste keer dat ik naar het ziekenhuis werd gebracht was door mijn vader. Mijn amandelen moesten geknipt worden.'

'Je vader?'

'Het was toen een lieve man.'

'Vaders moeten lief zijn.'

'Je vindt me naïef,' zei Gina. 'Het is een mooie avond om naïef te zijn. We hebben elkaar beter leren kennen.'

In de taxi sloeg ze haar arm om zijn schouders. 'Ik wil je bedanken, Yassin. Je zorgt voor mij. Je staat tussen mij en de wereld. Ik vind Yassin trouwens een mooie naam. Wat betekent het?'

Daar had hij geen antwoord op. 'Mijn oom heette ook Yassin. Ik ben naar hem vernoemd,' zei hij ten slotte maar.

'Waarom?'

'Het was een sterke man, wat je een vechtersbaas zou noemen.'

'Jij lijkt me anders geen vechtersbaas.'

'Nee, ik ben geen vechtersbaas. Niet meer.'

30

Hij bracht Gina terug naar het hotel en liep naar het Djemaa el Fna, waar het inmiddels leeg was. Hier hadden de acrobaten en verhalenvertellers hun kunsten vertoond. Mo had hem op het hart gedrukt met niemand te bellen. Waarschijnlijk werden alle telefoontjes van en naar Fernandes op dit moment afgetapt. Toch was het belangrijk dat de vrouw van Fernandes wist dat hun dochter terecht was. Dat kon ze dan tenminste Fernandes vertellen, mocht hij bij bewustzijn komen. Wat hij Gina zou vertellen, daar zou hij later over nadenken.

Hij liep terug naar het hotel, waar hij de chauffeur ook vond in de lobby, sigaretje in de hand. 'Ik word altijd midden in de nacht wakker als ik op reis ben. Ik heb heimwee naar huis. Dat is wat me wakker houdt. Wat houdt jou wakker?'

Opnieuw gaf hij geen antwoord.

De volgende ochtend wachtte hem het oneindige regelwerk. Hij moest wel. Hotelmanagers, rondleiders, chauffeurs en autoverhuurders; allemaal met hun eigen vragen en verzoeken. Ze kwamen van alle kanten om hun waren en diensten aan te bieden. Zijn taak was om alles zo soepel mogelijk te laten lopen, ook als dat betekende dat hij moest intimideren en hardhandig moest afpoeieren.

In het historisch centrum achtervolgde een man zijn groep zo lang en halsstarrig dat hij zich even losmaakte om de zelfbenoemde gids de andere kant op te sturen. Alleen met woorden – spierbundels zouden de aandacht alleen maar extra op hem vestigen. Een reisleider zorgde ervoor dat de buitenwereld op beschaafde afstand bleef, zodat de reiziger op beschaafde afstand naar die wereld kon kijken. Die paar meter was de minimale afstand die in acht moest worden genomen.

Op een paleis zagen ze die ochtend een groep ooievaars staan, en even dacht Amir dat het dezelfde waren die ze onderweg hadden gezien. Dat zou de slapeloosheid wel zijn.

Ook met de vegetariërs moest hij dealen, had hij besloten.

Hoe haalden ze het in hun hoofd om naar Marokko te komen, foeterde hij ze bij de lunch op poeslieve wijze uit. Begrepen ze dan niet wat voor gigantische problemen ze opwierpen voor een simpele reisleider als hij? Waarna hij zijn schouders liet zakken, zijn handen in een vriendschappelijk gebaar opende en hun verzekerde dat hij alles zou doen om ervoor te zorgen dat ze hun dieet konden volgen.

De vegetariërs waren in no time van hun schuldgevoel af, waarna ze begonnen te praten over de oneindige hoeveelheid manieren waarop je als vegetariër toch ook in een van vlees doortrokken samenleving nog heel wel aan je trekken kon komen. Het laatste nieuws was dat het helemaal niet zo slecht was om even zonder de luxe van huis te moeten doen, want, zo gaven ze als voorbeeld, als je een paar dagen je tanden niet kon poetsen ontstond er in de tandplak de broodnodige vitamine B, die niet-vegetariërs via hun vleesconsumptie binnenkregen. 'Zo komen de koeien er ook aan. Die likken gewoon de binnenkant van hun tanden af,' wist een van de reizigers te vertellen.

En dan was er nog het akkefietje met de eetgewoonten. 'In Marokko eten ze met hun handen,' lieten de reizigers niet na te benoemen in het eettentje waar ook locals aten.

Amir at ook met zijn handen. Het was wat je deed, al was het maar om niet de aandacht op je te vestigen. Hij was een doodnormale Marokkaanse gozer die een groep onder zijn hoede had. Met zijn handen eten versterkte dat voorkomen. Altijd een beetje uit het zicht zitten van de andere mensen, opdat niemand ook maar enige aandrang zou krijgen hem aan te spreken over zijn gelijkenis met Amir Salim. Zijn met de handen eten trok wel de aandacht van de reizigers.

'Ik wil het ook eens proberen,' zei de Rat. Waarop de andere reizigers zwijgzaam toekeken hoe hij met zijn vingers in het eten begon te prutsen.

'Zo moet het niet,' zei Amir, wie het pijn deed om een beginner zo te zien klooien met een van de rituelen van de Marokkaanse cultuur.

'Laat me dan zien hoe het wel moet,' zei de Rat. 'Ik wil leren. Daarom ben ik naar Marokko gekomen. Om te leren, te zien, te voelen.'

Je bent naar Marokko gekomen om je aan anderen op te dringen, dacht Amir, en hij boog zich, onder toeziend oog van de nieuwsgierige groep, naar voren om het kunststukje voor te doen. Hij pakte de handen van de Rat, drukte er een stukje brood in en begeleidde hem in het proces, als je het een proces kon noemen.

'Dat eten met de handen vergt toch meer beleid,' zei er een die meende de kunst afgekeken te hebben.

'Letten jullie allemaal op,' verhief Amir zijn stem om de aandacht te krijgen.

Dat hoefde niet, ze keken ademloos hoe Amir de vingers van de Rat door de tajine dirigeerde op zoek naar wortel, aardappel, een stukje vlees en saus. 'Zo vastpakken, met je tengels en naar je mond brengen. Hou het netjes, niet met open mond naar binnen proppen. We zitten niet in de snackbar.'

'Dat doe je goed,' zei Gina, die naast hem was gaan staan. 'Je bent niet alleen een reisleider, we kunnen echt iets van je leren.'

'Jullie hebben het gezien, zo moeilijk is met je handen eten niet. Ga nu zelf aan de slag.'

Hij was blij met de afleiding, eerlijk gezegd. Hij bestelde wat tajinetjes bij en liep nadat ze gebracht werden met een keurend oog door de eetzaal, net zo lang kritiserend en aanmoedigend totdat het helemaal goed ging.

'Operatie Handen Eten is geslaagd,' concludeerde hij toen de thee werd gebracht.

Een golf van opluchting ging door de groep, ze applaudisseerden. De Rat kwam recht op hem afgelopen, pakte hem bij zijn schouders en omhelsde hem. 'Bedankt.'

Terwijl de reizigers nog aan het eten waren, belde Mo opnieuw.

'Ben je al zaken aan het afsluiten?'

'Ik kom overmorgen met de vlucht van de reizigers mee.'

'Luister. Het is verstandiger dat je vandaag al terugkomt. Ik heb je hier nodig.'

Hij keek naar zijn mensen, die aan de tafeltjes als kinderen zo blij met hun vingers in de tajines aan het wroeten waren. Met je handen eten voor beginners. Sommigen sloegen af en toe hun blik naar hem op, waarschijnlijk om zich ervan te vergewissen dat hun goede herder er nog was. Als hij zo dadelijk zou weggaan met de mededeling dat Nederland hem riep, zou dat een gat in hem slaan. Daar ga je weer, Amir, zonder acht te slaan op iemand doe je gewoon wat je uitkomt. Je hele leven dein je heen en weer tussen je gemankeerde rechtvaardigheidsgevoel en je drang naar zelfverwezenlijking. Wat heeft het van je gemaakt: een egoïst met een vriendelijk maskertje op. Kijk eens hoe ver je ermee bent gekomen. Dat je manager in het ziekenhuis ligt met dodelijke schotwonden: bedrijfsschade? Je zogenaamde gerechtvaardigde woede bleek een monster te zijn. En de laatste mensen die je onbevooroordeeld zullen bezien, ga je ook nog in de steek laten. Toe maar. Ja, wanneer het geweten het roer overnam, wist het wel raad met de vrijheid die het gegeven werd. Het sprak met vurige tongen en verbrandde hem vanbinnen. Lekker fikkie stoken, daar was het geweten goed in.

'Ik kan vandaag niet goed weg, vriend. De groep heeft me nodig.'

'Ik heb een ticket klaarliggen. Alex D'Ami heeft zijn advocaten opdracht gegeven om een tegenoffensief te beginnen. Vanavond gaat hij live bij RTL *Boulevard* vertellen wat hem is overkomen. We zouden een machtige slag kunnen slaan door hem live in de uitzending te confronteren met zijn uitspraken. *Boulevard* heeft er wel oren naar. Aansluitend daarop heb ik morgen afspraken staan met SBS *Shownieuws*, daar ga je het verhaal van je reis door Marokko vertellen; natuurlijk niet in geuren in kleuren, dat doe je later op de avond bij *Pauw & Witteman*.'

'Heb je me daar ook al geboekt?'

'Het publiek wil jouw kant van het verhaal horen. Maar belangrijker is dat je Fernandes zo gauw mogelijk ziet. Daar kan je niet omheen. Als je dat overslaat, bevestig je het imago van gewetenloze boef. Je moet hem bezoeken. Al was het maar vijf minuten.'

'Hoe gaat het nu met hem?'

'Slecht en slechter. Die dochter van hem blijkt trouwens al twee weken spoorloos te zijn.'

Het was een dikke week, maar dat kon hij Mo niet vertellen.

'Hoe weet je dat?' vroeg hij.

'Zijn eerste vrouw, de moeder van die dochter, ontmoette ik in het ziekenhuis. Het laatste wat hij deed voor de aanslag, vertelde ze me, was een vriend opdracht geven hun dochter op te sporen. Het was een prachtig moment, zei ze, die daad van hem bracht verzoening tussen twee gebroken zielen. Je weet dat ik niet sentimenteel ben, maar reken maar dat mijn duivelshart daar brak. Wat een verhaal. Hier zit zó'n goede film in. Dus beloof me dat je vandaag naar huis komt. De wereld wacht op ons.'

'Ik moet erover nadenken,' zei Amir. 'En trouwens: waarom wil je die D'Ami eigenlijk zo graag aanpakken? Zijn broer heeft je gepest, ja, maar dat kan je toch niet je hele leven dwarszitten?'

Aan de andere kant van de lijn werd diep ademgehaald.

'Ik zal het je vertellen. Broer D'Ami wachtte me samen met zijn vriendjes de dag nadat jij hun een afranseling had gegeven op bij het schoolhek. Weet je dat ik zo blij was dat ik hun mijn middelvinger liet zien? Het was geweldig hoe jij ze had aangepakt. De eerste keer in mijn leven dat ik iemand mijn middelvinger liet zien.'

'Je was een watje. Keurig netjes opgevoed. Modelmarokkaantje.'

'Die broer wist dat jij al naar huis was. Ik zag in zijn ogen dat hij iets had voorbereid. Weet je dat je altijd in de ogen van de dader kunt zien of hij iets heeft voorbereid of zomaar uit het niks wat aan het doen is? Dit was de wolvenblik van iemand die heeft nagedacht over wat hij doet en wat hij wil doen. Ze namen me mee naar een laag muurtje, hoger dan dertig centimeter kan het niet zijn geweest. Zijn vriendjes pakten mijn hand om die te spreiden. Eén vinger in het bijzonder moesten ze hebben.'

Ze hadden zijn hand zo gespreid dat zijn middelvinger bloot kwam te liggen. Daar had broer het op gemunt. Wraak nemen, niet voor de afranseling van Amir, wraak nemen op de middelvinger.

'De baksteen kwam heel fijn neer. Precies op mijn middelvinger. Het bloed spatte alle kanten op, zo over de handjes van die vriendjes heen. Ze zullen het met wat bladeren van hun fikken hebben geveegd. De jongens schrokken. Broer niet. Hij genoot. Dat zal ik nooit meer vergeten. Hij genoot van zijn daad zoals je van een glas wijn, een mooie auto, een zomerjurkje dat op een fiets passeert kan genieten. Wat je je denk ik niet kan voorstellen, is hoe die middag voor mij alleen maar sterker is geworden. Keer op keer kom ik erbij terug, om die te herbeleven. Het zit in me vastgeschroefd. Noem het mijn madeleinemoment, ken je die uitdrukking, Amir? Die komt van de Franse schrijver Proust, die zijn verhaal opent met de herinnering aan zijn moeder die hem nog een laatste nachtkus komt brengen. Zijn moeder ziet hij een madeleine eten. Dat moment is, zo weet hij later, het moment van zijn leven. Voor Proust de madeleine, voor mij de baksteen op mijn middelvinger. Iedereen heeft recht op zijn eigen herinnering. Die glimlach die over zijn gezicht trok, wat een aanblik. Jij hebt het lichaam van zijn broer gebroken, Amir, dat had je niet moeten doen. Het was dom. Laat dat vooropstaan. Maar dat het mij de kans geeft om zijn broers glimlach te breken – ik zal niet verbergen dat ik daar altijd naar heb verlangd. Dus denk alsjeblieft na over de vlucht van vandaag. Het land wacht op je.'

Mo hing op, abrupt zoals gewoonlijk. Amir keek nogmaals naar de reizigers. Nee, besloot hij. Hij moest met deze mensen terugkeren naar huis. Zij waren het enige wat hij had, de enigen die hem niet zouden afrekenen op zijn verleden maar op wat hij voor ze betekende. Als zijn familie hoorde in wat voor problemen hij terecht was gekomen, zouden ze met stomheid geslagen zijn. Niet hun Amir, dat hielden ze niet voor mogelijk.

En bovendien kon hij Gina nu niet in de steek laten. Niet nog eens, niet nog eens falen.

31

Chanels werk voor het modellenbureau kon haar steeds minder boeien. 'De industrie vraagt om veel van hetzelfde, en nog wat meer.' Ze liet het scouten aan anderen over en concentreerde zich op een tijdschrift dat ze wilde beginnen. 'Een fusie van kracht, intelligentie en erotiek.' Hij vroeg haar waar ze de ideeën vandaan haalde. 'Alles hangt in de lucht. Inspiratie. Leven. Dood. Alles komt en verdwijnt. Je moet oplettend zijn.' En dat was dat. Zijn Chanel met haar mysterieuze blik, die niks gaf om materiële zaken. Die tot hem doordrong zoals niemand kon doordringen.

Tot die dag. Die dag die het begin van het einde was. 'Kijk eens wat ze doen,' schreeuwde ze toen ze binnenkwam, en ze gooide de krant op tafel. Ze had wallen onder haar ogen – weg fris en fruitig meisje. 'We worden ervan beschuldigd medeplichtig te zijn aan de dood van een model. Z.'

Zijzelf had Zemmoura ontdekt. Half Braziliaans, half Fries, zorgeloos winkelend op een lentedag in de Kalverstraat, met twee vriendinnen op zoek naar afleiding en koopjes. Chanel had haar gezien, snel aangesproken, ze hadden meteen een klik. Interesse in exotische culturen. Drang om te reizen en om meer van het leven te maken dan huisje-boompje-beestje. Maar wel alles met een knipoog. Zo nuchter dat de schoonheid niet onnodig door pretentie of eigen-dunk in de weg werd gezeten. 'Met haar heb ik echt goud ge-vonden,' had Chanel tegen Amir gezegd. 'Neem haar eens mee naar een gevecht,' grapte Amir. 'Misschien vind ik haar ook leuk.' 'Ze is zestien, viezerik,' viel Chanel hem aan; viel hem letterlijk aan door op hem te springen, wetend dat hij niets leuker vond dan haar opvangen. Amir had haar een paar keer ontmoet bij feestjes van het bureau. Vol vuur. Ze had haar Marokkaanse vriendinnen mee, dus dat creëerde een band. Ze was nog zo jong. Veel te jong. Zo jong als zij was hij toen hij van de Beer won. Hij had zijn broers om op terug te vallen. Zij had niemand.

Zemmoura bleek een natuurtalent. Slank. Dun. Uitda-gend. Vol vuur. De grote bladen vochten om haar. New York, Tokio, Milaan, Londen en São Paulo vielen als vuurvretende minnaars voor haar benen, haar charme, haar spanwijdte. Wanneer Zemmoura opkwam, vloog de wereld op. Maar dat zou nu niet meer gebeuren. Zemmoura was dood.

Zemmoura had als tiener aan anorexia geleden, volgens het krantenbericht. 'Daar heeft ze me nooit over verteld. An-ders had ik het haar nooit laten doen. Zo zit ik niet in elkaar. Maar de krant suggereert anders.' In de concurrentiestrijd waarin elk model dunner moest zijn, werd Zemmoura mee-gezogen. Ze was in een hotelkamer in São Paulo gevonden. Uitgemergeld. Uitgedroogd. Medicijnen geslikt. Alles wees op een overdosis.

Chanel trok zich terug uit het bedrijf. 'Met wederzijds goed-vinden,' schreef het persbericht. 'Me reet,' brieste Chanel, 'alles buiten mij om gedaan.'

Het gevoel mislukt te zijn was steeds sterker geworden.

Waar ze eerst haar tijd verdeelde tussen haar appartement en dat van hem, zat ze nu vooral bij hem. Er werd gepraat over hem en haar.

Een Engels tijdschrift portretteerde haar als de Zwarte Weduwe van de Modellenwereld. Ze pikte als een pooier onschuldige meisjes op in de grote winkelstraten van Amsterdam en beloofde ze gouden bergen, om ze daarna aan een afschuwelijk regime te onderwerpen. Zij was alles wat er niet deugde aan deze narcistische, verziekte wereld. En haar vader was een bekende vastgoedontwikkelaar geweest die in Nederland menigmaal in aanraking was gekomen met het OM, onderstreepte het blad. De appel viel, met andere woorden, niet ver van de boom.

'Ziekmakende praatjes waarin ze mijn vader en afkomst en weet ik veel wat erbij halen om me kapot te maken. Wat heb ik met mijn vader te maken? Wat weten ze ervan?'

Ze kon niet meer slapen. Viel elf kilo af. Amir moest zich voorbereiden op een groot gevecht in Moskou.

Een vriendin raadde haar aan een psychiater te bezoeken. 'Ik heb nachtmerries. Vreselijke nachtmerries waarin mijn fotomodellen stukken van hun huid afsnijden om het daarna aan mij te schenken. Als dankjewel.'

De antidepressiva die ze slikte deden veel om haar stemmingen wat stabieler te maken. Maar depressief bleef ze.

Tot ze na een paar maanden besloot dat het roer om moest. 'Neem me weer mee de wereld in. Ik moet leven. Ik kan niet eeuwig verstoppertje blijven spelen.'

Samen bezochten ze Amirs familie weer, onschuldige bezoekjes die goed verliepen. Ze leek er weer bovenop te komen.

Maar op een nacht werd ze wakker. 'Zoveel pijn. Wie

maakt hier een einde aan? De São Paulo-modeshow wil een rechtszaak beginnen tegen het bureau. Het wordt het einde. Ik zal nooit meer een rol kunnen vervullen. Ik ben uitgespeeld.'

Ze slikte toen al meer antidepressiva dan goed voor haar was. Dat vond hij; niet zij. Zijzelf was gelukkig met de lichte roes waarin ze verkeerde als ze onder de middelen in een flinterdun jurkje op hakken van tien centimeter en met een fijne whisky op aan zijn zijde de grote wereld in stapte. In die staat hoefde ze niet te voelen dat haar wereld niet meer op haar zat te wachten. De scheldbrieven die ze van de familie van Zemmoura kreeg, waarin ze haar de Doodgraver noemden. Op de laatste party die ze had bezocht, werd ze weggekeken. 'Mijn wereld is zo vals. Jullie slaan elkaar knock-out, zo snel mogelijk, want dat is een teken van respect. Bij ons ga je heel langzaam neer. Het is wurging. Ze wurgen me...'

Na haar gedwongen vertrek bij het modellenbureau droogden de opdrachten op. Als ze werd gebeld, was het door een brutale journalist die dacht dat er iets te halen viel. Had ze geen interesse in een boetedoeningsgesprek? Dat zou alles goedmaken.

'Ze snappen het niet.' En ze pakte haar glas, nam haar pillen.

Wonderbaarlijk sterk toonde ze zich wanneer ze meeging naar het KI-vechten. Ze stond erop om vlak aan de ring te gaan zitten, waar ze haarscherp kon zien wat twee mannen elkaar aandeden. Hij had haar gewaarschuwd voor de intensiteit van die koninklijke rang. 'Je bent één stap van de trainer vandaan. Je zit nog net niet onder mijn huid, maar je ziet alles. Je voelt elke klap in je lichaam doordringen. Mag ik je zeggen dat het een vreemde sensatie zal zijn te horen hoe vernietiging klinkt? Ik heb jaren getraind om al die klappen op te vangen. Om te incasseren. Jouw gehoor is niet getraind om die klappen op waarde te schatten. Wat je hoort klinkt als de dood die op de deur klopt.'

'O,' had ze gezegd, 'ik wil de dood wel horen. De dood maakt me blij.'

Amir had haar via Fernandes bij een psychiater gekregen, die haar een paar keer bezocht. Het waren lange gesprekken. Hij raadde Chanel een privékliniek aan, in het zuiden van Frankrijk. Daar zou ze op adem kunnen komen. 'Je vrouw leeft verkeerd op de verkeerde plek,' had hij tegen Amir gezegd. 'Door er te blijven wordt ze elke dag geconfronteerd met wat haar is aangedaan. Als je haar kan overtuigen een paar weken de koffers naar het buitenland te pakken; het zou haar goeddoen.'

'Ze wil nergens heen.'

'Ze hangt aan je.'

Hij kreeg haar zover om de privékliniek te overwegen. Ze had haar koffers gepakt. Hij had haar ticket geboekt. En naar Schiphol gebracht. Toen hij thuiskwam, stapte ze voor zijn deur uit de taxi. Met bloeddoorlopen ogen schoot ze op hem af. 'Ik kan het niet. Overal waar ik ga sterf ik.'

Het laatste wat hij met Chanel deed voordat hij naar Japan vertrok voor zijn voorbereiding op het grote gevecht was juist de zaken opzoeken waar ze altijd waren gaan zitten. Want het was heel belangrijk, zo vond hij, om ook onder extreme omstandigheden het hoofd trots en opgeheven te houden. Dus toen hij voor twee personen had gereserveerd in een restaurant dat werd gefrequenteerd door de fine fleur van de modewereld, en tot zijn verbazing bemerkte dat ze niet meer aan hun vaste tafel zaten maar waren weggepromoveerd naar een hoekje achterin, zag hij hier duidelijk een afrekening in. 'Maar dat gaat dus mooi niet gebeuren.' Hij riep de manager, eiste de tafel op die hij altijd had en liep daarna de keuken in, waar de chef-kok een mocro was die hij uit Amsterdam-Oost kende en die hier de sterren van de hemel kookte. Hij fluisterde hem in wat Chanel lekker vond. Die avond aten ze buiten de menukaart om.

Daarna nam hij haar mee naar het terras, hoewel ze dat eigenlijk niet wilde. 'Neem je medicijnen,' nam hij het voortouw voor haar, 'en zet je mooiste donkere zonnebril op. Je mag nooit opgeven, schoonheid, als het je tegenzit. We gaan ze verslaan, jij en ik.'

'Amir, dit is niet de ring waar een eerlijk gevecht wordt geleverd. Weet je, bij jouw wedstrijden komt ook gespuis. Mensen die kwaad in de zin hebben, die door de politie worden gezocht. Hier en daar zelfs een moordenaar, wie zal het zeggen. Ik ben niet gek. Maar waar naar ze naar kijken, kent harde, eenduidige regels. Wat ze zien in dat gevecht is onverbiddelijk. Noem het eerlijk. Trotse mannen die elkaar afmaken; moge de beste winnen. De norm is duidelijk, heel duidelijk. Je hoeft niet midden in de nacht wakker te worden om jezelf af te vragen in wat voor spelletje je bent terechtgekomen. In mijn wereld, deze wereld,' en ze wees met brede gebaren naar de mensen op de terrassen die nietsvermoedend zaten te borrelen, 'deze mensen weten niet wat de spelregels zijn. En dat maakt ons onzeker. En bang. Zonder de norm is iedereen op zichzelf aangewezen. Er hoeft maar iets te gebeuren en,' ze knipte met haar vingers, 'de boel ontploft. En

ik ben ontploft, liefje. Ik ben deel van de schade. Snap je?
Dus ik waardeer het zeer dat je me helpt. Dat je zo trots op
me bent. Jammer alleen dat het gebeurt in een wereld waarin
geen herkansingen bestaan.'

32

De laatste dag van de reis. Ze reden naar Casablanca. Het zat erop. Door het oponthoud in het dorp was er geen tijd meer voor Fez. Om dat te compenseren, hadden ze de kustplaats Essaouira aangedaan. Ze liepen binnen de stadsmuren die de Portugezen er in de vijftiende eeuw hadden opgetrokken als bescherming tegen de Berberstammen. Op de stadswal keken ze uit over de Atlantische Oceaan, waar ze meeuwen zagen die tegen de wind in vlogen, het opgaven en weer terugkeerden naar de wind. Het was niet ver meer naar huis.

In Casablanca bracht hij de reizigers onder in een hotel vlak bij de vlieghaven. De stad in rijden had geen zin meer. Het was te laat. Morgenochtend vroeg zouden ze vertrekken. Het diner werd geserveerd in het hotel. Ali, hun chauffeur, verzekerde hem dat het prima eten was.

'Wat deed je eigenlijk voordat je reisleider werd?' vroeg Ali hem.

Amir besloot eerlijk te zijn. 'Ik was inderdaad een vechter.'

'Tja, daar heb je ook het postuur voor. Maar ik vind je aardig. Te aardig voor een vechter. Omdat het de laatste avond is, wil ik je uitnodigen bij mij thuis.'

Hij was te onrustig om zo vroeg al naar bed te gaan. Met

hem meegaan zou hem wat afleiding bezorgen op deze laatste avond. Hij woonde in een buitenwijk van Casablanca, had Ali al verteld, vlak bij een gigantische bouwput waar de Marokkaanse regering begonnen was aan een stadion. 'Maar toen kreeg Zuid-Afrika het wereldkampioenschap voetbal en was het afgelopen met de bouwpret,' had Ali hem uitgelegd. Amir was beter gaan begrijpen waarom hij zo graag de vlag van Marokko droeg: iedereen was hier vroeg of laat de underdog. Die eeuwige pech, die alle pogen genadeloos de grond in boorde. Genoeg talent en enthousiasme, alleen ontbrak het aan dat ongrijpbare beetje geluk dat andere landen wel leken te hebben. De Brazilianen bijvoorbeeld, die hadden het wel.

Ali liet hem de krater zien. Het was een attractie op zichzelf geworden: een gat zo groot als tien voetbalvelden. 'Is dat niet iets voor de toeristen?' zei Ali. 'De grootste kunstmatige krater in de wereld. Alles kan geregeld worden. Een restaurantje en een winkeltje met ansichtkaarten.' Amir zag aan Ali's gezicht, dat enthousiaster werd naarmate Amir interesse bleef veinzen, dat het hem menens was.

Amir was gekomen om de traditionele vrijdagscouscous te eten; Ali had hem uitgenodigd, zei hij, omdat hij niet wilde dat een man de heilige vrijdag alleen doorbracht. De simpele, aangename sfeer bracht hem tot rust. De verantwoordelijkheid voor wat er komen ging lag niet meer bij hem, zoals de afgelopen dagen. Hij kon het met een gerust hart uit handen geven. Uit de keuken kwam de geur van komijn en het scherpe kruidenmengsel dat ras el hanout heette. Er werd in dit huis serieus gekookt, om de gast op zijn gemak te stellen.

'Ben je getrouwd?'

'Nee.'

'Je bent nog jong.' De standaardreactie hier.

Ali bleek een dochter te hebben, die erg op haar moeder leek – wat in haar voordeel was, want Ali zelf was niet moeders mooiste. De echtgenote kwam uit de Midden-Atlas en daar kwamen zoals bekend de mooiste vrouwen van Marokko vandaan. Zoet, levendig en beeldschoon.

De familie Ali woonde in een piepklein appartement, waar de televisie een prominente plaats had en dan ook de hele tijd aanstond. Toen Amir binnenkwam, zag hij de koning van Marokko op het scherm: die toerde door het land om overal waar hij uitstapte een snelweg te openen, een brug aan te leggen of een winkelcentrum in te stappen. Marokko was bezig aan een inhaalslag. En de burgers van dit land volgden het grote nationale project via de beeldbuis. Het land was bezeten geraakt van verandering, wat infrastructuur en architectuur betrof. Alsof het een shot doping had binnengespoten gekregen. Een man die niet zal slapen voordat het huis op orde is. Alles moest op de schop.

De televisie herinnerde Amir aan thuis in Amsterdam-Oost, waar je na elke hap eerder uit verveling dan interesse een blik wierp op het ding. Ook Ali keek niet echt naar de televisie; hij wist alles al en het betekende weinig voor hem. 'Kijk naar die krater, ze beginnen eraan, de koning komt een kijkje nemen en die goede man heeft zijn hielen niet gelicht of ze stoppen ermee. Zo vergaat het veel zaken hier.'

Terwijl Ali zijn analyse opdiste, had Amir de tijd om het huis in zich op te nemen. Een klok die de tijd van Rabat en van Mekka sloeg; een stuk behang dat een klaterende fontein in een paradijselijk fantasielandschap voorstelde waar zelfs Adam en Eva zich zouden hebben dood verveeld. In dit eenvoudige, eerlijke onderkomen werd die corrupte, duistere wereld waar ze zichzelf niet meer dan pionnetjes voelden, buiten gehouden. Hier waren ze veilig, totdat op een dag de bulldozers zouden komen om de klus af te maken en ook hen zouden ontzetten. Dit was het paradijs, buiten wachtte de hel.

De vrouw des huizes had zich aan hem voorgesteld, een kleine, gedrongen vrouw die goed in het vet zat. Ze was mollig en sterk. Mooie, brede lach. Dat ze stiekem hoopten dat ze hem hun dochter konden aansmeren, zoals hij wel had gemerkt, vond hij alleen maar leuk. 's Lands wijs, 's lands eer. Hij wilde het spelletje best meespelen; was er ten minste iets wat hem afleidde.

Hij bestudeerde de moeder. Ze kon zo op een ansichtkaart. *Veel liefs uit de Atlas.* De dame was voor de duvel niet bang, merkte hij aan haar opgewekte toon. Toen ze aan tafel gingen zitten, kwam de dochter binnen met de couscous met de zeven groenten. De tajine was zo groot dat ze er zo'n beetje achter verborgen ging. Het was natuurlijk allemaal goed ingestudeerd, want meteen na het neerzetten schoot ze er zonder een blik op hem te werpen vandoor. Dit was het ritueel dat erbij hoorde. Als hij ervoor koos in Marokko te blijven en niet de strijd in Nederland aan te gaan, zou dit alles zijn toekomst kunnen zijn. Een telefoontje naar Mo zou voldoende zijn. Geen hinderlijke vragen, geen uitputtende uitdagingen, maar slechts het verzoek van de lokale cultuur om zich liefdevol aan de rituelen te houden, eerbied te hebben voor de wetten van de voorvaderen en zich niet al te druk te maken om wat er mis kon gaan. Maar na verloop van tijd zouden de mensen zich gaan afvragen wie hij was, en op de vragen die onvermijdelijk gingen komen zou hij ten slotte ook antwoord moeten geven. Was hij daartoe bereid?

'Ik ga even naar buiten,' zei Amir. Buiten, waar hij rustig kon praten. Als hij boos werd of geagiteerd raakte, zou niemand dat hoeven opmerken. Hij zou Mo kunnen bellen, het uitleggen en zijn vlammende betoog het hoofd bieden door hem uit te nodigen langs te komen om alles met elkaar te bespreken. Wat wist de snelle, gewiekste Mo met zijn verbale vingervlugheid van moreel leiderschap? Die man wilde de zaak winnen, om zo niet alleen zijn vriend te behouden voor reputatieschade en gevangenisstraf, maar ook zijn eigen naam te vestigen. De man die van de grootste schurken Nelson Mandela's maakt. Ja, ja.

Een sterrenhemel waar de nacht de dromen inkleurde. Alles was voorbestemd. Zo had hij het thuis als kind geleerd van zijn onvermoeibare broer Kamal, die niet ophield te prediken hoe vergeefs het streven van de mens was. In het Heilige Boek stond alles geschreven. Waar je vandaan kwam. Waar je naartoe ging. Wie je ging ontmoeten en hoe je het ervan af zou brengen. 'En op de dag des oordeels sta je voor je Schepper, bibberend van angst, tot aan je oksels in je eigen zweet, levend opgebaard, waarna Hij met zijn vinger door een boek bladert. Het boek van jouw leven, waarin alles opgeschreven staat. De vlieg die op die en die dag op je neus ging zitten, zal Hij voor je aanwijzen. Alles staat genoteerd, wat je dacht, wat je voelde, wat je zei. Elke medaille die je hebt gehaald, elke misstap die je hebt gedaan, de flauwe glimlach die over je gezicht kwam toen je een kwaad mens pijn zag lijden, niets ontgaat zijn blik. En dan spreekt Hij zijn oordeel uit.'

Met zweetdruppels op zijn voorhoofd had zijn broer staan prediken; hij was er dol op. De grote scheidsrechter die tot tien telde om daarna aan te geven dat het technisch knock-out was, kwam het daarop neer? Wat zei dat over zijn inspanningen om zijn leven in eigen hand te nemen, zijn eigen plan te trekken en zich niets aan al diegenen gelegen te laten liggen die riepen dat hij er nooit zou komen, dat de duivelse maatschappij hem toch een loer zou draaien, dat niemand op Amir zat te wachten. Was dit de tik op de vinger die hij kreeg?

'Beste,' fluisterde hij tegen het hemelgewelf, 'hier is mijn hand. Tik er maar op. Geef me er maar van langs als ik echt iets verkeerd heb gedaan.' En hij strekte zijn hand uit, zo ver als hij kon naar de hemel. Er gebeurde niets. Hij had honger. Hij belde niet. Ali wachtte.

Na het eten nam hij afscheid van de familie. Ali schreef op een ansichtkaart van Casablanca het adres waar hij hem de volgende keer kon vinden. Hij schreef er nog iets bij wat Amir in de taxi met het beetje Arabisch dat hij had opgestoken op de Koranschool in Amsterdam-Oost wist te ontcijferen.

'Voor een vriend. Een gids. We wachten op je.'

33

De Amsterdam ArenA. Ze reden met Fernandes mee. Fernandes gaf hem, ongebruikelijk voor zijn doen, een brassa, een hele dikke omhelzing, een omhelzing die je alleen geeft als je bang bent dat je iemand heel lang niet zult gaan zien, dus omhels je iemand als het ware zo diep en krachtig dat je iets van hem lijkt te willen meenemen. De warmte van zijn lichaam, ter herinnering aan betere tijden.

'Waar gaan we nou precies heen?' vroeg Fernandes.

'Een feestje. Iets met fotomodellen.'

'Je hebt er toch al een?'

'Kijken, kijken, niet kopen.'

Ze moesten lachen. Het was feest, de overwinning was binnen. Het geld was verdiend. Het ging allemaal veel makkelijker dan gedacht.

'Luister,' zei Fernandes en pakte hem bij zijn hand. Chanel trok aan zijn andere hand. Merkend dat het niet ging, liet ze hem los. 'Ik duik even het toilet in', en ze verdween.

'Je overwinning heeft wat mensen boos gemaakt, kreeg ik net te horen.'

'De gebruikelijke types?'

'Er is een syndicaat, dat heel wat geld had ingezet op de Japanner. Ze hadden gehoopt dat hij het wat langer zou volhouden, snap je.'

'Daar heb ik toch niks mee te maken? Geen spuiten, geen gokkers. De weg naar de top is lang.'

'Duidelijk als water. Maar misschien is het een goed idee als je morgen een paar dagen weggaat. Laat mij maar de klappen opvangen. Mij kunnen ze niks maken. Misschien willen ze me dwingen tot iets, dat zullen ze allicht proberen. Of ze gaan me het verlies van die Japanner in de schoenen proberen te schuiven om er nog wat geld aan te verdienen. Maar mij krijgen ze niet.'

'Je moet echt oppassen met die gasten. Echt oppassen. Snappen ze niet dat hier een eerlijk spel wordt gespeeld?'

'Halve analfabeten zijn het. Ga jij je lekker met je meisje vermaken. Zorg goed voor haar. Die toestanden knallen er wel in. Ik weet dat je van haar houdt.'

'Gaan we?' riep Chanel.

'We gaan.'

'Luister, broeder. Uiteindelijk druipen ze wel af.' Fernandes pakte zijn hand in een poging om hem gerust te stellen. 'Aan het einde van de rit winnen we.'

'Aan het einde van de rit winnen we,' herhaalde Amir zijn woorden en drukte zijn hoofd tegen dat van Fernandes, zoals kickboksers doen, als teken van verbroedering, als bevestiging van de diepe, lange band die ze hadden. Het geliefde kopstootje onder vechters. Zo dicht op elkaar dat niemand ertussen kon komen. Chanel griste Amir bij de hand, om hem uiteindelijk los te trekken bij Fernandes.

'We zien je later nog wel.'

Fernandes kuste Chanel op haar voorhoofd. Hij kuste haar altijd op het voorhoofd. Amir wist dat Fernandes haar maar een rare vond, maar deze avond waren ze, gehaast en kinderlijk bang voor wat de toekomst brengen zou, door onzekerheid met elkaar verbonden. Hij drukte Amir op het hart goed te zorgen voor zijn gekke meisje. Meisjes als Chanel kende hij niet. Zo vlammend, interessant en onaangepast. Een vrouw die niets te bewijzen had. Heel apart.

'Weet je, liefje,' fluisterde Chanel Amir in het oor, op weg naar de liftdeuren, 'ik ben altijd bang geweest. Alles maakt me bang. Tot vanavond. Vanavond ben ik niet bang. Vanavond durf ik alles. Schiet op, ze wachten op ons.' En ze vlogen naar boven.

Het was haar idee om naar de skybox van het modellenbureau te gaan.

Het was een van de grootste dancespektakels van het jaar in de Amsterdam ArenA. Zij had genoten van zijn overwinning, ze kon niet wachten om dat met hem te vieren. Amir was niet zo'n danser en had een sterke neiging om massaevenementen te vermijden, en hij hield al helemaal niet van menigtes die er halfnaakt bij liepen. In no time was de ArenA omgetoverd tot gigantische dancehal, waar grote lichtinstallaties de duizenden met hun stralen richting de euforie dirigeerden. De beats waren snel en lieten geen seconde ruimte om op adem te komen. Overal doken gezichten op. Het samenspel van licht, muziek en verrassing was zo groot dat je je er wel door moest laten leven. Wie deze plek had uitgekozen om weerstand te bieden had hier niets te zoeken. Zolang Chanel in zijn buurt bleef, kon het hem meestal weinig schelen waar ze naartoe gingen, maar dit was toch wel pittig. Uit alle hoeken en gaten stroomden dansers naar de mat van de ArenA, de een nog gekker gekleed dan de ander. Het geluid stond zo hard dat praten geen zin had, een bewuste poging wellicht om elke vorm van communicatie uit te sluiten, zodat je je met nog meer overgave kon richten op het non-verbale. Bij de wc's hadden talloze idioten die hun pik niet konden vinden, zoveel drugs en alcohol hadden ze op, het zichzelf en omstanders moeilijk staan maken. Er werd uit pure gemakzucht naast de pot gepist. Hij had zich door de massa terug moeten wurmen, wat niet makkelijk was, zelfs al was hij nuchter en sterk en de rest in de olie en meegaand als gedrogeerde kippen. Hij zag harde ogen, wijd openstaande pupillen, een euforie die niet eens op het zomercarnaval van Rio werd aangetroffen. Zeer schaars gekleed wrongen de dansers zich in allerlei kronkels om het nirwana te bereiken. Alle mensen waren natuurlijk vredelievend, daar niet van, op de paar dealertjes na die hij zag rondlopen, die hij er meteen uitpikte, die met geen andere bedoeling hier waren dan zoveel mogelijk van hun pilletjes aan de man brengen. Waar het licht het felst scheen, had men ook schaduw nodig.

'Grappig toch dat juist op deze avond mijn oud-collega's hier ook rondhangen.'

Ze zou ze verrassen. Het leek hem geen goed idee. Wat had ze daar nog te zoeken, tussen mensen die in hun hoofd allang afscheid van haar hadden genomen.

'Je moet je niet alles laten vertellen,' had ze gezegd, als was het een bezwering voor wat ze ging doen, en ze had hem aan zijn hand meegetrokken.

Hoe hoger ze kwamen, hoe beter het uitzicht werd over de samengepakte menigte. Hij zag de tienduizenden die allemaal, op streng verzoek van de organisator, in het wit gekleed gingen (als volwaardige bedevaartgangers hadden ze zich eraan gehouden!). De groep maakte zich de automatismen eigen die door de muziek uit een collectief bewustzijn werden aangeroerd. Het ging allemaal vanzelf, als een kolkende, bruisende stroom die over oerkeien stroomt. In het midden van de ArenA stond een gigantische zwarte kubus opgesteld: bovenop stond de dj, eromheen dansten de genotzoekers hun manische dans. Ze kringelden om het vierkant waar lichtscheuten uit schoten.

'Het is net Mekka,' fluisterde hij Chanel in het oor, 'alleen hebben ze hier nauwelijks iets aan.' Hij sloeg zijn grote armen om haar heen, wetend dat als die massa naar boven zou kijken er niets van hen zou overblijven.

Het was druk in de skybox van Trouble in Paradise, ze konden er nog net in; de beveiliging liet hen door, hij kende de grote beer die er stond. Oude bekende van de boksschool. Hij drukte zijn hoofd tegen zijn hoofd. Niemand ging hen tegenhouden. Maar binnen voelde hij direct dat ze niet gewenst waren. Het was een grote vergissing om hier te komen. Of ze keken weg, of ze keken met een ontluisterend lege blik eerst naar Chanel, dan naar hem, waarna ze snel terugdeinsden. Ze waren op dit feestje omdat hij het kon maken, niet zij. Chanel pakte een glas, slokte het achterover en wisselde het in voor een ander. Amir deed wat hij in dit soort omstandigheden deed, waarin de dreiging van overal leek te komen en hij geen adequaat antwoord had: hij maakte zich onzichtbaar. Met zijn grote lichaam was hij heel wel in staat zich klein te maken, zichzelf tot proporties van niks terug te brengen. Wat wel één groot nadeel had: werd hij eenmaal aangevallen, gericht, dan ontplofte in dat kleine het hele systeem. Chanel begon tegen oud-collega's aan te praten. Ze had alles goed bijgehouden, dus het was voor haar geen probleem om in de smalltalk haar grip op het onderwerp te etaleren. Er werd naar haar geluisterd, dat wel, maar niet van harte. Ze werd gedoogd, wat betekende dat ze eigenlijk niet bestond. Amir maakte zich onzichtbaar, Chanel werd onzichtbaar gemaakt. Toch bleef haar aanwezigheid niet onopgemerkt. Steeds meer blikken gingen haar kant op.

Eén man in het bijzonder had haar in het vizier. Hij had twee beeldschone, zeer schaars geklede dames aan zijn zijde; piepjong, ouder dan zeventien konden ze niet zijn. Zijn haar was dun bovenop. Scherpe kaaklijn. Opgefokt. De blauwe ogen zochten nu de onzichtbare Amir, die de man probeerde te negeren: hij was hier voor zijn meisje. Hoe meer de man naar Amir keek, hoe opgewondener de meisjes naast hem leken. Poppetjes waren het. Zwaar in de make-up, licht in de heupen. De nacht scheen erdoorheen, zo transparant waren ze. De adorerende ogen van die twee zaten deze meneer dwars. Amir was prooi geworden.

'Wie is die man?' vroeg hij aan Chanel toen ze even zijn kant op keek om te zien of alles goed was.

'Gaat het, liefje?'

'Leuk is anders. Maar wie is die man?'

'Dat is Alex D'Ami. Zakenman. Hij heeft Trouble in Paradise overgenomen na het Z.-schandaal. Een cynische klootzak, dat is het.'

'Is hij naar tegen je geweest?'

'Hij heeft me ontslagen.'

'Waarom heb je me dat niet verteld?'

'Ik heb het je verteld, maar je was druk met Japan en al je deals.'

'Hij kijkt op een vreemde manier naar me, alsof hij me kent.'

'Iedereen kent jou.'

'Dit is anders.'

'Alles is anders. Nog één drankje en dan gaan we. Dan gaan we echt. Laten we het leven vieren.'

Voordat hij goed en wel doorhad wat ze zei, had ze alweer een glas leeg, en als een vlinder dwarrelde ze door, op zoek naar contact, naar een glimlach. De mens zoekt erkenning. We vechten, we slaan om ons heen, we zoeken het waar we kunnen. Erkenning. Hij liep naar het toilet, waste zijn handen, plensde water in zijn gezicht. De dampende beats kwamen tot hier, er was geen ontkomen aan. Hij duwde papier in zijn oren. Het geluid gierde naar binnen en maakte hem onrustig.

Op de gang kwam Alex op hem af met uitgestrekte hand, de twee meisjes giechelend achter hem aan. 'Terug naar jullie hok, jullie,' siste hij ze toe.

'Wij kennen elkaar,' zei Alex, 'van lang geleden. Nou ja, mijn broer kende je. Niet dat er veel te kennen was. Toen je nog niks voorstelde. Wat doe je hier?'

'Chanel is mijn vriendin.'

'Alsof ik dat niet wist. En nu uit de weg,' en hij duwde hem opzij. De man moest hoognodig.

'Vind je hem ook zo'n eikel?' zei de beveiliger.

'Ken 'm niet.'

'Hij zegt dat hij jou wel kent.'

'Mensen praten.'

'Ik zou hier niet te lang blijven, als ik je een tip mag geven. Ik denk dat hij iets van plan is. Als er wat gebeurt: ik dek je.'

'Dank je. Er gebeurt niks. Ik ga naar huis.'

Door de menigte heen zocht hij Chanel. Hij meende haar te horen huilen, maar dat kon onmogelijk hier. Als hij iemand hoorde huilen, dan was hij het zelf.

Daar stond ze, recht tegenover Alex D'Ami, die haar bij

haar schouders had gepakt en haar hardhandig door elkaar schudde.

'Wat doe je!' schreeuwde Amir. Hem niet aanraken waar andere mensen bij waren, schoot door hem heen, want dat was precies wat hij wilde. Getuigen om zich heen verzamelen. Hem vernederen.

'Je mooie vrouw vertellen hoe dankbaar ik haar ben voor haar stommiteit. Ze heeft me aan een prachtige zetel geholpen door haar onbeholpen gedoe met dat Friese fotomodelletje.' De man was onder invloed. Gesnoven, gedronken en dat gevoegd bij de grootheidswaanzin. 'Maar wat ik aan je vriendin waardeer is dat ze afgeschreven en dood het toch in haar hoofd haalt om terug te keren op de plek van het feest. Een zombie is ze, een prachtige zombie. Maar wij zijn geen griezelfilm hier aan het opnemen. We vieren feest.'

De twee meisjes geneerden zich, mensen keken weg. Dat de baas een afrekening in petto had, was prima, maar niet en plein public. Ook hier gold een norm. Ze moesten weg hier. Hij moest haar laten gaan.

'Kom,' riep Alex D'Ami in Chanels oor. 'Neem nog een glas. Daar kikker je van op, ouwe zombie.'

Amir liep snel naar de bar. Reculer pour mieux sauter. 'Geef me een theedoek,' zei hij tegen de barman. Marokkaanse jongen, uit Amsterdam-West, waar hij die inschatting op baseerde wist hij niet. Gevoel. Adrenaline.

'Komt eraan, Amir, je bent mijn held.' De theedoek werd aangereikt. Zo'n geblokte, waarmee bierglazen werden gedroogd.

'Doe me een plezier, hou je bek over wat je gaat zien.'

Alex riep hem. 'Hé, Amir, moet je je meisje niet komen halen? Weet je niet meer wie ik ben? Lang geleden, zeker?

Of heb je al zoveel hersenbeschadiging opgelopen dat je het vergeten bent? Waarom kom je niet deze kant op, hier is het veel gezelliger. Kunnen we bijpraten, het geheugen opfrissen.'

En daar beende Alex zijn kant op, in het hoekje naast de bar waar de gasflessen stonden die voor de druk op de bierpomp zorgden. 'Deze is voor jou, ouwe zombie,' lispelde Amir, en ramde de betheedoekte vuist in Alex' gezicht.

34

Hij had dat slanke, lange, donkerharige meisje wel vaker zien lopen, altijd wat te gehaast wat hem betrof, een van die vele meisjes uit de rijkere klassen voor wie alles gericht was op het halen van hoge cijfers en zo min mogelijk in contact komen met jongens die hun ouders toch niet zouden goedkeuren, en als altijd werd zijn weerzin tegen zulke hooghartige meisjes overwonnen door haar schoonheid, de intensiteit van haar ogen en het gevoel dat alleen zulke meisjes hem echt konden uitdagen. Hij wilde ten minste een keer voelen hoe het was om zo'n meisje te beminnen. Je moest alles een keer geprobeerd hebben in het leven. Was hij niet een succesvolle vechter met een goed stel hersens aan het worden? Hij had recht op dat succes. Ze maakte hem gek elke keer dat hij haar zag lopen. Ze droeg mooie, lekkere kleding, die haar fijne lichaam goed deed uitkomen. Toch was het niet ordinair. Achter haar aan lopen, hij moest zich echt inhouden om niet in haar nek te gaan hijgen. Fernandes had hem opgedragen het een beetje voorzichtig aan te doen met de meisjes. Een *gentiluomo* moest hij zijn; dat was Italiaans voor 'gentleman', klonk goed.

Jammer alleen dat wanneer hij haar zag draaien met die billen de hele geile santenkraam in hem naar beneden flikkerde en alle pogingen om het heertje te zijn frustreerde. Toch was hij ook verlegen. De eerste paar keer observeerde hij alleen maar; fantaseren was genoeg. Zou ze van spieren houden en van een brede rug en een dikke zomerse glimlach die zelfs in de diepste wintertijd een grafzerk kon verwarmen?

Hij kwam steeds dichter bij haar lopen, richting de uitgang, waar de zon al naar binnen begon te komen. Hij liep naast haar en voelde zich een schim die als ze zich even omdraaide of kuchte meteen zou verdwijnen. Toen struikelde ze. Ze viel en viel en viel... en hij zag dat zijn leven eindelijk de kans kreeg om echt te beginnen, alsof een tarotspeelster ergens ver weg de kaart had omgedraaid waarop stond dat hij zijn lot in eigen hand zou nemen...

In een reflex ving hij haar op en het eendje viel in zijn armen. Haar haar viel over zijn schouder, begon naar beneden te vallen als zonnestralen die vloeibaar waren geworden en hij voelde haar lichaam tegen zich aan naar balans zoeken, iets om vast te houden. Hem.

'Gaat het? Het zal wel pijn doen.'

Ze trok zich aan hem op en hinkte een paar meter. Hij had zich gewassen, er was geen geur aan hem die haar kon storen. Hij rook opgeruimd, fris. Hij zag in haar ogen dat ze hem niet kende, zijn soort niet kende, zijn wereld niet kende. Ze keek in de ogen van een groot stuk machinerie van een andere planeet. Zoals ze keek zag ze ook dat ze hem had geaccepteerd; er school geen wantrouwen in die ogen. Ze begreep dat hij het beste met haar voorhad.

'Het is beter dat je even gaat zitten,' zei hij.

Ze kreunde, beet op haar lip.

'Dit soort pijn went nooit,' zei hij.

Studenten schoten langs hen naar binnen. 'Ik heb een

mondeling tentamen. Als ik te laat kom mis ik mijn punten.'
Haar stem zelfverzekerd, de toon afgemeten, de dictie door
efficiëntie berijmd.

'Het heeft geen zin om je te gaan haasten,' zei hij. 'Je
maakt het alleen maar erger en je haalt het niet. Daarnaast,
de pijn bemoeilijkt het denken.'

En daarnaast wilde hij nog even met haar praten. Wat hij
zich niet kon voorstellen toen hij haar zag lopen, ging wonderbaarlijk vanzelf: hij oefende zijn macht over haar uit en
merkte tot zijn verbazing dat zijn resolute toon in goede aarde viel. Maar wat wil je ook, bij iemand die je net heeft opgevangen.

'Het valt wel mee. Ik moet gaan.'

Ze wilde opstaan, maar vertrok meteen haar gezicht van
de pijn. Ze ging weer naast hem zitten. De pijn hielp hem
een handje, bond haar aan hem. Pijn zorgde voor een relatie
die de goden niet konden bewerkstelligen. Ze was nu rustiger, ze werd zich ervan bewust dat haar wil de pijn niet kon
verdoven.

'Mag ik?' Hij liet zijn hand zien. 'Je hebt je enkel verzwikt.
Niet heel erg, anders lag je wel te kermen van de pijn, maar
ook weer niet zo dat je meteen verder kan lopen. Je moet blijven zitten. Wacht hier. Ik ben zo terug.'

Hij liep naar de kantine, waar de schoonmakers al met de
afwas bezig waren. Hij kende de kok, die kon hij om ijs vragen zonder dat er moeilijk werd gedaan. En een theedoek
om de ijsblokjes in te doen was ook zo gevonden.

Ze zat er nog steeds. 'Een beetje ijs erop zal goeddoen.
Je zal een kleine schok voelen, maar het doet geen pijn.' Hij
drukte de theedoek op het gewricht. 'Dit heet ijzen. Het
stopt de toename van gescheurd weefsel. Op microniveau
treedt nu stabilisering op. De zwelling neemt af, maar mor-

gen voel je de pijn pas echt.' Haar blik was veranderd. Verwarring had plaatsgemaakt voor vertrouwen. Voor het moment.

'Rustig lopen. Geen haast.'

'Je lijkt precies te weten wat je ermee aan moet.'

'Ik ben sporter. En ik heb een cursus EHBO gevolgd. Voetkneuzingen zijn mijn specialiteit.'

Hij had besloten om meester te worden over zijn lot en om meester te worden over zijn lot moest hij zijn verbeelding aanspreken. En de verbeelding knielde voor hem, gaf hem een cursus EHBO, zo makkelijk ging het.

'Welke sport?'

Hij wist in de gauwigheid niet zo snel iets te bedenken. 'Zwemmen,' zei hij.

Voetblessures bij het zwemmen waren schaars, schoot hem te binnen. Het moest iets anders zijn. 'Zwemmen en voetbal natuurlijk. Voetballers zijn wandelende beenbreuken.'

Ze keek toe hoe hij haar voet inzwachtelde.

Hij stelde zich voor.

'Ik heet Marjolein.'

Nee, dacht, Amir. Jij heet anders maar dat weet je nog niet. Ik wil dat je haar blond is, dat je benen over me heen liggen, dat je niet meer aan de wereld denkt.

Toen stond ze op, zette een paar stappen en hij zag dat met elke stap die ze zette, haar tred zekerder werd. Ze had minder pijn. Ze draaide zich naar hem om en zwaaide. Toen liep ze weg alsof ze nooit gevallen was, alsof het gesprek nooit had plaatsgevonden. Maar het was wel gebeurd, ze strompelde nog steeds. Ze zou beter worden, want ze had hem leren kennen.

35

Hij was opgekomen voor zijn vrouw. Linkerhoek, rechter-
hoek. Pets, pets. En toen het been eronder. In minder tijd
dan een kat miauwt. Wat hij achter had gelaten, was een man
die besmuikt de wereld in keek en toen naar hem. Vrienden
gingen ze niet meer worden. Maar het punt was gezet. De
wereld was opnieuw verdeeld in goeieriken en slechteriken.
Wat haatte hij de hypocrisie van de arrogante zakenmanne-
tjes, de hufterige beveiligers, de corrupte managers. Als hij
in zijn streven om hun hypocrisie te bestrijden zelf ook
hypocriet moest worden, dan moest dat maar. Het kon hem
weinig schelen. Gewetenloos noemden ze dat. Het was niet
gewetenloos. Zijn geweld manifesteerde zich nog voordat er
sprake was van geweten. Het was waar de mensen voor kwamen. Die oerkracht die naar buiten kwam gevloeid om intuï-
tief z'n weg te vinden naar het zwakste plekje in alles wat
zich sterk en machtig en onverslaanbaar toonde. Hij, de op-
gekrabbelde jongen uit Amsterdam-Oost, zou de eerste zijn
van zijn generatie die de wereld zijn wetten oplegde in plaats
van andersom. It was pay back time. Nooit eerder had hij
zich zo goed gevoeld als vanavond. De keizer in z'n hemd gezet. Nu was hij keizer en vloog over de stad. Na elke ontla-
ding kwam de rust en met de rust kwam de slaap. Hij had de

stad in brand gestoken, hij mocht slapen. Alles zou na vanavond anders zijn. Nooit meer zou er zomaar over hem gesproken worden alsof hij niks was. Zijn geweld was een uiting van liefde aan degenen die opmerkzaam genoeg waren om haar te voelen.

Amir wist wie hij was. Op andermans feestje de boel verkloten, dat zou hij niet in zijn hoofd halen, maar wie op welk feestje ook aan zijn vrouw kwam, die zou hij slopen. Alles draaide om respect, waarom begrepen al die lui die voor geld, belangen en status gingen dat niet?

'Jongen, met die houding ga je niet ver komen in het leven. Je moet je soms beheersen'; hoe vaak had Fernandes hem dat niet gezegd als hij terugkwam van een avondje uit waarop er glazen waren gebroken, een kaak van een portier krassen kreeg, een paar onverlaten die dachten dat hij de zoveelste Marokkaan was die ze konden dissen op hun nummer waren gezet. Naar de boetepreek van Fernandes luisteren was zijn manier om wat er was gebeurd in de doofpot te stoppen.

Haastig had Fernandes hem en Chanel richting de nooduitgang gemanoeuvreerd. 'Rustig lopen, de camera's kijken mee. We zijn op weg naar huis. Ik zorg ervoor dat die beelden verdwijnen.'

De blik die ze van hem had gezien toen hij van de bar terugkwam, herkende ze vaag van wat ze in de ring had aanschouwd. Alleen benadrukten twee donkere kringen rond de ogen de complexiteit van de situatie waarin ze terechtgekomen waren. Wat deed deze jongen z'n best om niet te laten zien dat hij iets verschrikkelijks te verbergen had. Was ze hier verliefd op geworden? Eindelijk een mens die voor haar de wereld zelf in brand zou steken?

'Stel je vragen later maar,' zei Amir, 'we gaan kas.' Met kas bedoelde hij pleite. Verdwijnen. 'Die vent valt je niet meer lastig. Hij heeft de boodschap nu wel begrepen.'

Ze zegen onderuit in de Porsche van Fernandes, die vaardig de immense garage van de ArenA uit werd gemanoeuvreerd.

'Welke boodschap?'

'Je grenzen kennen. Respect tonen. Normaal doen.'

'Wat heb je gedaan?'

Maar hij hoorde al niets meer. Hij draaide met zijn polsen, de massieve handen werden weer op hun plaats teruggeschroefd.

Ze kende de geruchten die over hem gingen. Las berichten uit het verleden over opstootjes bij discotheken, het onvoorspelbare gedrag dat hij vertoonde wanneer hij zich tekortgedaan voelde. Woede die weinig nodig had om geboren te worden. Ingezet in de ring een dodelijk wapen, buiten de ring, onder de juiste omstandigheden geconditioneerd, de verstikkende kracht van napalm.

Ook op de snelweg onderdrukte Fernandes de natuurlijke neiging van mensen die vluchten om net wat harder te rijden dan toegestaan. 'Een snelheidsovertreding hebben we hier zo te pakken, er is trajectcontrole. Kijk, zullen ze zeggen, meneer had zeker haast. Waarom? Het was toch zo gezellig.'

'Waarom deze haast?' Rechts van Chanel was Amir onderuitgegaan. Hij sliep.

'Luister, liefje,' Fernandes keek haar via de achteruitkijkspiegel aan, 'niemand komt ongeschonden uit deze wereld. Er is veel toegestaan zolang je op het moment dat het startsein klinkt voor de wedstrijd er staat. Wat hij zonet heeft gedaan, is niet netjes. Maar wat die man jou aandoet is ook niet netjes, anders zou hij niet zo uit z'n plaat gaan. Ik ga Amir helpen om hier ongeschonden uit te komen.'

'Wat heeft hij gedaan?'

'Zullen we afspreken dat je dat niet weet? Dat je daar, mochten onze vrienden van de recherche op bezoek komen, gewoon netjes je mond over houdt? Is voor iedereen beter. Gaat ie niet zo lang de bak in, kunnen we over een maandje weer vechten en gaan jullie van een leuke vakantie genieten daarna.'

'Ik wil niet liegen.'

'Je liegt niet. Je weet niks. In onze wereld is het heel normaal om niks te weten. Je vertelt je verhaal, maar je weet niks over anderen. Dat is hun verhaal. Snap je?'

'Wat gaat er gebeuren met Amir?'

'Ik zorg voor hem. Hij heeft mij gemaakt, ik heb hem gemaakt. We helpen elkaar. Je laat elkaar niet vallen. Denk niet dat je ooit deze wereld uit komt. Amir heeft voor jou gekozen, het is nu aan jou om voor hem te kiezen.' Fernandes nam de afslag naar Amsterdam-Zuid. 'Kijk naar mij, ik heb Amir altijd beschermd. Toen hij onreglementair bezig was in de ring, toen hij na een weekeindje met schrammen thuiskwam.'

'Je bent zijn vriend, Fernandes, je moet hem opvoeden.'

'Ik voed niet op. Ik accepteer hem zoals hij is. Van mij zal hij nooit een kwaad woord horen. Hoeft ook niet. Een opgevoed iemand kan je aanpassen, een natuurtalent moet je laten groeien en sterven op zijn voorwaarden.'

'Vraagt niemand in deze wereld naar elkaar?'

'Leven en laten leven, schat, dat maakt het zo leuk.'

Fernandes stopte voor hun huis. Hij boog zich over uit zijn bestuurdersstoel en stompte Amir wakker. 'Ouwe, wakker worden. Je bed wacht.' Amir werd versuft wakker. 'Die weet nu wie Amir is,' zei hij en stapte uit, hij hield de deur open voor Chanel.

'De eerste paar uur zitten jullie hier goed. Er is iets te veel verwarring en iedereen moet ook slapen, per slot van rekening. Maar morgen gaan ze komen, dan moeten jullie weg zijn. Amir in ieder geval. Ik kom morgen bijpraten.'

Hij reed pas weg toen hij ze naar binnen zag gaan, alsof hij z'n kinderen voor het eerste schoolfeest had afgezet.

In de lift kon ze hem weer in de ogen kijken.

'Ik heb slaap,' zei Amir. 'Veel mensen bij dat feest. Iedereen in het wit. Het leek wel Mekka.'

'Wat heb je gedaan, Amir?'

'M'n werk.'

'Wat is je werk?'

'Mensen in elkaar slaan.'

'Waarom?'

'Iemand moet het doen. Geef mij maar de schuld. Iemand moet het doen. Loop jij maar weg met een schoon geweten. Mooie kleding, lekkere toet, fijn eten. Had ik het niet gedaan dan was je dat allemaal kwijtgeraakt. Dan was er op ons gepist. Als ik het niet doe wordt het pas echt een pleuriszooi. Het is nodig.'

'Ik wil dit niet nodig hebben.'

De liftdeuren gingen open. Nog een paar meter naar huis.

'Dan moet je naar huis, meisje,' zei Amir. 'Als je dit niet wilt dan ben je op het verkeerde feestje. Dit is wat het is. Deze wereld. Alles staat in brand. Alles gaat kapot. Dit is mijn leven.'

Hij rommelde met zijn sleutels. Bakte er niks van. Chanel nam ze over.

'Zie je, je went er al aan. Het is fijn om samen te zijn. Niemand kan ons iets maken.'

'Jij zit niet goed in elkaar, Amir. Je bent ziek.'

'De wereld is gezond en heeft ziekte nodig om gezonder te worden. Laat mij de ziekte zijn.'

Ze liet hem voorgaan, maar bleef zelf staan. 'Kom je?' zei Amir. 'We moeten slapen. Morgen begint de jacht opnieuw.'

'Ik ga naar mijn huis.'

Amir keek haar verstoord aan. 'Je hebt geen huis meer. Je hebt niemand meer. Alleen mij en jezelf. We kunnen goed alleen zijn.' Voordat ze iets kon zeggen, greep hij haar bij haar middel en trok haar definitief naar binnen. 'Je bent van mij.'

Hij werd wakker van een nachtvogel. Hij zat nog steeds op de bank. Ze was weg; had van zijn dommel gebruikgemaakt om weg te sluipen.

Rennen. Naar beneden. De lift deed het weer eens niet, kwam veel te traag op gang. Waar was ze? Beatrixpark. Daar was ze eerder heen gegaan in die verwarde staat sinds haar ontslag. Het was minder dan vijfhonderd meter. Sneller rennen, steeds sneller.

Hij ziet haar en toch ziet hij haar niet. Ze ontsnapt aan hem. Uit het struikgewas komt haar stem. Hard en zacht.

'Wie ben jij?'

'Amir.'

'Ga weg, Amir. Je hebt hier niks te zoeken.'

'Ik hou van je, Chanel. Kom met me mee.'

'Ik ben dood. Ik wil leven. Laat me leven.'

Verward. Verward meisje dat haar enkel had verzwikt. Koude kompressen. Koude kompressen op de ziel. Eerste tweede derde ronde. Low kicks. High kicks. Sterke nekspieren sleuren je erdoorheen.

Hij pakt haar bij haar middel; hij is veel sterker dan zij. Zo'n frêle lichaam dat hem steekt, waar hij de grip op verliest, ze glijdt naar achter, over de dikke boomstammen die er zijn neergelegd om van het park een bos te maken. De indruk te maken dat het een bos is. Ze ontglipt hem, rent weg, steeds verder van hem. Hij valt, krabbelt op, maar kan haar niet meer bereiken. Waar ze uit het zicht verdwijnt beginnen de slootjes, die ze als de zomer loom en zwaar is aandoen, om aan de rand ervan te gaan zitten. Waar ze hem kust, vol op de mond, diep met haar tong naar binnen dringend, een amoureuze knock-out waar hij zich als beoogd slachtoffer van de liefde gewillig aan overgeeft. Tegenstribbelen heeft geen zin, haar even wegduwen zodat het lustvolle gelik een moment kan worden gestaakt, komt hem op luid mopperen, beetje gillen – allemaal gespeeld – en speels getrek te staan. Als hij zich overgeeft klimt ze op hem, als een deerne die haar eerste volbloed paard onder de billen krijgt, en hem bewerkt met haar nagels, die daar in de hals en dan weer daar op de rug hun ziedende merktekens achterlaten, ze duwt zijn benen uit elkaar, gaat ertussen liggen en begint hem te berijden; hij krampachtig om zich heen kijkend, preuts als hij is, of niemand hen zou zien. 'Let op mij, reus,' geeft ze hem te kennen.

Diezelfde kant was ze nu op gerend, sneller dan hij kon rennen. Steeds sneller. Ergens, fluisterde een stem, zou deze verschrikkelijke avond stoppen en weer lichtheid krijgen. Dan zou hij haar in zijn armen hebben, ze zouden samen terug naar huis gaan en met elkaar slapen. Morgen zou hij zich aangeven. Zij zou voor hem opkomen. De liefde overwon alles. Het ging niet om zijn reputatie. Het ging om een leven waarin hij zichzelf kon zijn. Er zouden nieuwe kansen komen. Ze werd beter.

Een gil zette een barst in deze gedachte. Een hoge gil die afscheid nam, niet de terugkeer aankondigde. Hij was naar de sloot gerend waar ze de liefde hadden gevierd. De verkeerde sloot. Hij trok haar aan de kant. Mond-op-mondbeademing. Leef, Chanel, leef, want je bent het leven waard. Geluk duurt geen eeuwigheid, het ligt in het hier en nu voor het oprapen. Hij veegde wat bladeren over haar heen, kwam op haar borst tot rust. Een vogel scheerde over de bladeren. Het park gleed weg in het zwart van het water.

Thuisgekomen schreef hij op een briefje waar hij haar had achtergelaten.

> *Mijn vriendin is vannacht om het leven gekomen. Ze ligt in het Beatrixpark, derde slootje, linkerkant. Ik heb haar toegedekt met verse bladeren.*
> *Wie haar vindt: bel met haar ouders op nummer 06 - ********. Haar naam is Marjolein, voor mij is ze Chanel.*

Hij stopte het briefje in een boek dat Chanel hem had gegeven – *De Zahir* van Paulo Coelho – en legde het op de salontafel.

36

'Fernandes is vannacht aan zijn verwondingen bezweken. Het spijt me. Wat ik je ook meteen moet vertellen, is dat jij op dit moment als eerste verdachte wordt gezien van het misdrijf. Er wordt een connectie gelegd tussen jouw verdwijning, de verdwijning van Chanel en de dood van Fernandes.'

Ochtend in Casablanca. Hij was vroeger opgestaan dan normaal. Zes uur. En Mo nu al aan de lijn. Zelfs voor zijn doen klonk hij gestrest.

'En dan nog iets. Chanel is gevonden. Door een wandelaar, in het Beatrixpark.'

Amir zweeg.

'Amir? Je moet me echt vertellen wat er met Chanel is gebeurd.'

'Op de salontafel ligt een boek. *De Zahir*, van Paulo Coelho. Daarin zit een briefje met een mededeling.'

'Heb je haar vermoord? In dat geval moet er een advocaat bij. Dit groeit me een beetje boven het hoofd. Dit gaat een hete herfst worden.'

De snelheid waarmee Mo de nieuw binnengekomen informatie juridisch verwerkte, verbijsterde Amir.

'Beste Amir, heb je het gedaan of niet? Het maakt me niet uit of we afgeluisterd worden of niet. Zeg het me. Je bent mijn vriend. Ik wil de waarheid weten. Niet de waarheid van de rechtbank, maar de waarheid die vrienden elkaar vertellen. Heb je je vriendin vermoord?'

'Ze was bij mij veilig. Tot de laatste minuut.'

'Heb je alles gedaan om haar dood te voorkomen?'

'Nee, ik heb niet genoeg gedaan om haar dood te voorkomen. Maar ik heb haar geprobeerd te redden.'

'Dat is het enige wat ik wilde weten. De mens kan maar zoveel deprimerend nieuws aan op dit tijdstip van de dag. En ik moet nog twaalf uur aan de bak. Wat een leven heb ik.'

Dat geëtaleerde egoïsme van een topadvocaat was bescherming, bescherming tegen een wereld waarin elkaar pijn doen en elkaar liefhebben in elkaar overvloeiden. De verwarring die het veroorzaakte, daar zat Mo niet op te wachten. Wie wel?

'Als je mij toestemming geeft om de aangifte te doen, dan kan ik daar vandaag nog werk van maken. Ik zal niemand op de hoogte brengen. Het zal allemaal heel discreet verlopen. Ik zorg ervoor dat je na aankomst op Schiphol via een aparte uitgang naar buiten kunt gaan, uit het zicht van de journalisten en pottenkijkers. Het enige wat ik van je vraag is dat je meedoet aan alles wat ervoor nodig is om zo voordelig mogelijk in de rechtszaal te kunnen beginnen. Mocht het betekenen dat je daarvoor een interview op televisie moet geven, dan zou ik dat niet meteen afslaan. Het gaat om de rest van je leven, je carrière. Hoe laat vertrek je?'

'Om negen uur.'

'Dat betekent dat je rond twee uur onze tijd hier aankomt. Prima, dan is het middag, de avondkrant ligt al op de mat. De journaals hebben hun line-up voor de avond al rond. En geen talkshow die zo snel alle informatie over deze zaak rond krijgt.'

'Mo...' Amir kon niet meer zeggen wat hij wilde zeggen. De verbinding viel weg.

In de lobby stonden de rugzakken; hier en daar een tas met wat souvenirs. Lampjes. Tegeltjes. Aardewerken tajines. Een klein kleedje. Kleine beloning na een intense reis. Over een half uur zouden ze naar beneden komen, ongetwijfeld stipt als altijd. Amir keek om zich heen.

'Zoek je mij?' Gina achter hem. 'Ik heb met mijn moeder gebeld. Ze zegt dat mijn vader in kritieke toestand in het ziekenhuis ligt. En ze zegt dat hij iemand heeft gestuurd om me op te halen, om me te vinden. Ben jij dat? En waarom heb je niks gezegd?'

'Ja. Ik ben Amir Salim. Fernandes was mijn beste vriend. Familie. Hij is vannacht overleden. Hij heeft mij gestuurd om je op te halen. Het spijt me heel erg van je vader.'

Hij ging tegenover haar zitten in het stilste hoekje van de lobby. Ze nam afstand van hem. Hij was niet meer die reisleider. Hij was de leugenaar, de afgezant met een dubbele agenda, op z'n best een vreemde snoeshaan.

'Ik luister.'

Hij begon te praten. Hij vertelde over zijn eerste geboorte. Over zijn tweede. De geur van zweet dat in vers gewassen windsels kroop. De afmetingen van een ring. De opkomst van het KI-vechten in Japan, waardoor een nobele, harde en snelle vechtsport als het thaiboksen kon uitgroeien tot een miljoenenindustrie. Mo vertelde over Nederland als het ideale kickboksland, omdat het onderwijs, de gezondheidszorg, de hoge welvaart, het multiculturele, de boter, kaas en eieren, de democratie met haar illusie van het recht op kansen voor iedereen, zorgen voor een gestage aanwas van boomlange, gezonde jongemannen waaruit de beste vechters voortkomen, die het op kunnen nemen tegen de rest van de wereld. 'Eigenlijk is opgroeien in Nederland een vorm van steroïden. Je krijgt alles met de paplepel ingegoten. We zijn daardoor machtig. En zwak tegelijkertijd. Je raakt blind voor je eigen nietigheid.' Hij vertelde over zijn eerste ontmoeting met Mo op de middelbare school. De belofte die ze elkaar deden. En over haar vader begon hij te vertellen, die na zijn eerste partij – die helemaal niet zo geweldig verliep – toevallig in de zaal was, en meteen na afloop zijn diensten aanbod.

'Zonder Fernandes zou ik niet zijn geworden wie ik ben. Hij beschermde me tegen de buitenwereld. En nu heb ik hem niet kunnen beschermen.' Hij vertelde haar dat hij altijd bang was geweest dat het succes hem blind zou maken voor de echte wereld. 'Mijn familie geef ik rijkelijk van mijn prijzengeld, maar het succes en het geld en de sport hebben een wig gedreven tussen hen en mij. Ik zie ze nooit meer, omdat ze mij niet kunnen zien. Eén keer zijn ze op bezoek geweest in mijn huis, en toen ze vertrokken wist ik dat ze het moeilijk vonden mijn leven te begrijpen. Misschien stond het te ver van ze vandaan? Succes heeft een vreemde, alcoholische smaak. In onze familie wordt geen druppel gedronken.'

Hij vertelde over zijn verwijdering van de Nederlandse samenleving. De rare opmerkingen die mensen wisten te maken die hem zagen winnen. De fluitconcerten die hij kreeg na een verlies. 'Ik ben geen slachtoffer. Nooit geweest. Zal ik nooit worden. Geloof niets van wat ze over me zeggen.'

Toen vertelde hij Gina over de nacht waarin alles misging, een week geleden. Het verzoek van haar vader. 'Toen ik vertrok, wist ik dat ik wat ik zou moeten doen in diepste geheimzinnigheid zou doen. Het beviel me goed. Ik wist niet dat jezelf onzichtbaar maken zo makkelijk kon zijn.'

De reizigers stonden ineens achter hem, geruisloos hadden ze de lobby gevuld, als vogels die neerstrijken op een wad om krachten op te doen voor de thuisvlucht. Het was tijd om te gaan. Hij hief zijn hand op. Vijf minuten. Ze knikten. Vijf minuten. Hij draaide zich weer naar Gina.

'Vertel ze in Nederland dat ik echt heb geprobeerd jullie een mooie reis te geven. Als een reisgids zonder doel of eindbestemming, als iemand die noodgedwongen altijd onderweg moet zijn zonder echt ergens aan te komen. Niet als straf, niet als boetedoening. Gewoon, omdat hij zo in elkaar zit. Het succes dat ik had heeft me verlaten. Maakt dat van mij een slecht mens? Moet ik gestraft worden omdat ik het wurgende gevecht om mijn instinct in bedwang te houden heb verloren? Kijk eens naar deze handen, hoeveel tegenstanders heb ik ermee tegen het canvas gekregen. Kijk goed naar mijn gezicht. Kom maar dichtbij, ik bijt niet. Het is een huid die net als bewerkt leer de kleur van een gehavend leven in zich draagt. Nooit, in al die partijen, kwam het in me op toe te geven aan mijn vernietigingsdrang. Toen werd ik verliefd. Was dat fout? Had ik niet gewoon op het moment dat ik verliefd werd moeten beseffen dat die liefde ook een gevaar inhield? Dat omdat ik voor het eerst in mijn leven iemand had gevonden voor wie ik wilde sterven, ik daardoor een zeer kwetsbaar persoon zou worden? Ben ik dus in de val van de liefde getrapt, stom, stom, stom? Kijk goed naar mijn huid: elke barst, elke kier, elke beet draag ik met trots. Maar wat ik heb gedaan, daar ben ik niet trots op. Is dit een verdediging, Gina, voor wat ik die man heb aangedaan? Ik weet het niet. Noem me gerust een monster. Maar laat niemand denken dat ik daardoor geen recht van bestaan heb; ik ga niet weg. Ik blijf. Ook slechte mensen blijven hangen.'

Amir keek haar aan. 'Accepteren dat mijn rol is uitgespeeld zal niet vanzelf gaan. Het allermoeilijkste wat er is, is afscheid nemen van de dingen waar je altijd voor hebt gevochten. Ook om die reden was deze reis voor mij een begrafenis. Ik heb er mijn dromen en ambities in begraven. Ik laat het aan jou om op een goede manier over een slecht mens te oordelen. Vechten kon ik wel. Je vader leerde me dat er buiten de ring nog een andere norm is. Het leven zelf waarin je buiten je grenzen moet gaan om jezelf te ontdekken. Hij stuurde me daarom naar Marokko: om jou te vinden. Omdat dat niet doen een blamage zou betekenen. Voor hem, voor jou. Zo was hij, zo is hij altijd geweest.'

'Wie heeft hem neergeschoten?'

'De onzichtbaren. Ze zijn overal, duiken op waar je ze niet verwacht. Ze hadden ons al langere tijd op de korrel. We hadden het net iets te goed voor elkaar, Fernandes en ik.'

'Zoeken ze jou?'

'Hier misschien niet, daar zeker wel. Ze zullen iedereen die zich in mijn cirkel begeeft van me afnemen. Tot er niemand meer over is. Als je succes hebt, word je beloond met eenzaamheid. Dat is de huishouding die de onzichtbaren bestieren.'

'Ik ben nu ook in jouw cirkel gekomen.'

'Ik zal je beschermen. Wees niet bang.'

'Als antropologe kijk ik naar mensen in samenhang met hun cultuur. Als ik naar jou kijk, zie ik geen slecht mens. Ik zie een cultuur, een raadselachtige, ongrijpbare cultuur, die rituelen en daden verzint die hij zelf nog niet begrijpt. Ik zie een man die ik nader wil leren kennen.'

'Lees me maar zoals je wilt.'

Alle koffers werden ingecheckt. Iedereen was klaar voor de douanecontrole. Ze hadden afscheid genomen van de chauffeur. Amir leidde ze langs de gendarmerie die de paspoorten een voor een meticuleus bekeek. Maar toen de reizigers zich voor de douane omdraaiden om te zien waar Amir was, was hij in geen velden of wegen te bekennen. Ook van Gina ontbrak elk spoor.

Maart 2011 – 15 juli 2013

Van Abdelkader Benali verschenen eerder bij De Arbeiderspers:

Laat het morgen mooi weer zijn (roman)

Marokko door Nederlandse ogen 1605-2005. Verslag van een reis door de tijd
(samen met Herman Obdeijn)

Panacee (gedichten)

Berichten uit een belegerde stad (reportage)

Jasser (monoloog)

Feldman en ik (roman)

Marathonloper (roman)

Zandloper (roman)

De stem van mijn moeder (roman)

De weg naar Kaapstad. Afrika en het WK *Voetbal in 2010*

Oost = West. Reizen door de Arabische wereld en het Westen